TAKE
SHOBO

地味で目立つのが嫌いな薬草姫は超絶美形の国王陛下に愛でられまくって後宮脱出できません

山野辺りり

Illustration
旭炬

蜜猫
MitsuNeko

contents

イラスト／旭炬

地味で目立つのが嫌いな薬草姫は超絶美形の国王陛下に愛でられまくって後宮脱出できません

地味で目立つのが嫌いな薬草姫は
超絶美形の国王陛下に愛でられまくって
後宮脱出できません

第一章　姫様はモグラか幽霊

あと五日。

いよいよ間近に迫った『その時』を思い、ティアは深呼吸を繰り返した。

まだ五日もあるとも言えるけれど、もう既に五年近く耐えてきたのだ。過ぎた年月の長さを思えば、残る日数など僅かである。

かつてはとても五年間なんて我慢できない、死んでしまうと涙に暮れたこともあったが、それはもう過去のこと。

あと五回眠れば全てが終わる。あらゆるしがらみから解放され、大手を振って故郷に帰ることが許されるのだ。そのためにティアは息を凝らして生きてきたと言っても、過言ではなかった。だが、ここで油断し気を緩めるわけにはいかない。

張り巡らせた緊張を解くのも、感傷に浸るのも後でいい。今はひたすら、残りの日々を平穏無事にやり過ごすのに専念しなくては。

万が一にも失敗すれば、五年間の努力が無駄になる。それだけは、何としても避けたかった。

「……私は絶対にチェッタ国の民の元へ帰ってみせる。そしてあの小さな国でひっそり静かに暮らすのよ……！」

ティアは贅沢《ぜいたく》な暮らしや、華やかな生活は望んでいない。

最先端の芸術や流行にも、さほど興味はなかった。お洒落《しゃれ》自体、苦手である。何もない田舎の風景がひたすら恋しいし、国民と王族の距離が近く、長閑《のどか》で平和そのものの日常が自分にはふさわしいと信じてやまない。

生まれた国は、その条件にピッタリ当《あ》て嵌《は》まる。山間にあり、これと言った産業も特産品もなく豊かではなかったけれど、その分人々は穏やかな気質だった。

大国に挟まれながら侵略されずいられたのは、どの国にとっても脅威となり得ず、かつ特別な魅力もなかったためだろう。そして何より運がよかったのだ。

そのことを身をもって知ることになったティアは、一度強く目を閉じた。当時のことを思い出すのは今なお辛い。

豊かな森が焼き払われ、大事な農地は踏み荒らされた。乏しい実りは奪われて、家屋は破壊され大勢の人が傷つけられて、命を落とした者も少なくない。

平和惚《ぼ》けしていたと言われればそれまでだが、まさか自国が大国同士の戦争に巻き込まれるなんて、幼かった自分は想像すらしたことがなかったのだ。

ティアが十二歳だった六年前、生国は突然戦火に飲み込まれた。

牽制《けんせい》し合う二国の間にたまたまあったというだけで、どちらに与《くみ》してもいなかったのに。それとも立場を明確にしていれば、違う結果になったのか。

今ではもう、何が正しい政治的判断だったのかは分からない。だが仮に当時に戻れたところで、争いを厭《いと》う父王が大国相手に上手《うま》く駆け引きできたとは思えなかった。おそらく下手に抗《あらが》い主張しようとすれば、完膚なきまでに国は蹂躙《じゅうりん》されてしまった可能性が高い。

結果だけを見れば、無条件にアレイサン国の属国となることで国民や土地は守られたと言える。一応はこれまで通りの自治も認められたし、更に今後はレイスゴート国の侵略から守ってもらえるのだから、むしろ好条件——ではあるのだが。

アレイサン国が何の見返りもなく後ろ盾となってくれるはずもなく。

さりとて母国に差し出せるものもなかった。そこで求められたのは『花嫁』という名の『人質』である。

アレイサン国の王は好戦的であると同時に、好色としても有名だった。五十手前にして正妃や側妃、妾《めかけ》や一度手を付けただけの女も含めれば、その数は把握しきれないほどだったという。後宮には美女がひしめき合い、敗戦国や属国から若く美しい女が次々に貢物として捧《ささ》げられた。

その中の一人として、チェッタ国唯一の姫君であったティアも半ば強引に召し出されたのである。ただし、この時ティアは十三歳。

まだ子供だ。しかも平均より小柄で発育不良気味だったのは否めない。胸も尻も乏しく、手足は棒きれのように細かった。仕方あるまい。王族とは言え貧しい国出身。しかも戦時下。栄養不足気味だったのである。

故に外見だけ見れば、貧相なお子様以外何物でもなかった。

その上、顔立ちは地味。不細工ではなくても秀でたところはなく、髪と瞳の色はごく一般的な栗色《くりいろ》。良くも悪くも普通。端的に言えば印象に残らないありふれた容姿だった。

更に内向的性格で話術は苦手。洗練とは程遠く、目立った特技も長所もない。どこまでも平凡な少女だったのだ。

成熟した美女を好んだ国王の趣味からは大きく外れている。食指が動かなくて当然。

逆に幼女趣味でなかったことが幸いし――ティアは後宮に入れられるなり、すぐに存在自体忘れられた。

通常、後宮で暮らす女たちは王の目に留《と》まって寵愛《ちょうあい》を受けようと躍起になる。それこそが自分が生き残り、ひいては家や一族、国の繁栄に繋《つな》がるからだ。

自らが次代の国王の生母になるという野望を抱く者がほとんど。むしろそれくらいの強《したた》かさがないと、到底生き抜けない。

女ばかりの戦場では、権力者に気に入られることだけが己の立場を保証してくれる。そんなことは誰だって知っている。

だが、ティアは後宮の片隅で息を殺し、極力人前に姿を現さず、間違っても王の興味を引かないよう細心の注意を払って隠れ住むことを決意した。

せっかく王の性的好みの範囲外になれたのに、気まぐれに手を付けられては堪《たま》らない。世の中には、全く趣味でない女を抱ける男はいる。

酔った勢いや『たまには趣向を変えて』などという馬鹿げた理由で閨《ねや》に引きずり込まれては最悪ではないか。

何故《なぜ》なら、後宮に籍を置き、五年間国王のお渡りがなかった場合、その女は適正なしと見做《みな》され放逐される決まりがあるのだ。

それも、『慰労金』という名の実際のところ『口止め料』を握らされ。

これは本来なら『恥』とされることだ。国王を惹《ひ》きつけられる魅力がなく、女として役立たずの烙印《らくいん》を押されるに等しい。

しかしティアはこの制度を耳にした瞬間、地べたに額《ひたい》を擦りつけて感謝したいほど狂喜乱舞した。

もしも五年間操を死守できたら、生国へ帰れる。しかも纏《まと》まった金と共に。アレイサン国の顔色を窺《うかが》う必要もない。何せこれは彼の国が決めたこと。もはやご褒美ではないか。

自分の親よりも年上の、好色で残忍な男に誰が望んで身を捧げたいものか。

万事控えめなティアには、大国で自らの身体一つ駆使しのし上がってやろうなんて気概はない。正直に言えば、結婚そのもの、男性自体が怖いのである。許されるなら、一生独り身を貫きたかった。

そんな小娘に突然降って湧いた元敵国の後宮入りは、悲劇以外何物でもない。

死地に赴く気持ちでアレイサン国へ送り届けられ、待っていたのは王の無関心と五年間を凌《しの》ぎ切れば元の生活に戻れる希望だった。

本来なら一発逆転を狙って必死に国王の目に留まろうと画策するのだと思う。そうでなくては己が惨めな思いをするだけでなく、母国だって不利益を被《こうむ》るためだ。

しかしティアが遠路はるばるアレイサン国へやって来た時には既に、レイスゴート国との戦乱は決着がついていた。勿論《もちろん》、勝者はアレイサン国。

戦の神とも称《たた》えられたアレイサン国国王の前には、さしもの大国レイスゴートとて敵《かな》わなかったらしい。

こうしていち早くアレイサン国の属国となり庇護《ひご》下に入ったチェッタ国の安全と平和は保証されたのである。

だとしたら、ティアが無駄に留め置かれる理由はない。

五年間後宮にいて国王の閨に侍《はべ》らなければ、用なしだ。アレイサン国にいらないと言われたならば、可及的速やかに立ち去るのが道理。

――それならこのまま存在感を一切消して、王様に思い出されないよう静かに暮らそう。

ティアがそんな決意を固めたのも仕方あるまい。

——私には陰謀や策略を巡らせることも、女同士で髪を掴《つか》んで罵ることも、房事の手練手管を磨くことも無理。どれもこれも怖すぎる。

望むのは小さな幸せ。平穏と静寂だ。

本当なら、いずれ王位につく兄を支え、母国を今より少しだけ豊かにするのが夢だった。

大好きな薬草の研究をし、裕福ではない国民たちでも安心して使える薬を開発すること。成長が早い種類や虫が嫌う匂いをもつ植物を応用して、美味《おい》しい作物だって作ってみたい。

ティアは幼心にそういう展望を温めていたのだ。

けれど現実は残酷。故国でのんびりどころか、力こそ正義な国で生存競争に挑まねばならないとは。

とにかくティアがチェッタ国に無事帰り、望んだ人生を取り戻すためには五年間国王の魔手から逃げ回るより他になかった。

ちなみに侍女や下働きの者も、自身が仕える主の身分によって大きな顔をできるかどうかが決まる。つまり、寵妃《ちょうき》になれる可能性が著しく低い者に従っていても、出世の芽はないのだ。

結果、入宮当初はティアの身の回りの世話をしてくれる人々が最低限いたが、期待薄と判断されたためか段々減った。

今ではティアに仕えてくれているのは、チェッタ国からついてきてくれたばあやのみ。

しかし、それでいい。

もともと自分のことは大抵できるし、着飾る必要もないので丁度良かった。人の出入りが少ないのは、それだけ関わる人間が乏しいということ。こうしてより一層ティアは他者から忘れ去られた存在になったのである。

「あと五日……それでやっと全部終わりになる……！」

指折り数えた『解放の日』。それが五日後に迫っている。

逸《はや》る気持ちを懸命に落ち着かせ、ティアは身を震わせた。

アレイサン国から用なし判定される日を心待ちにし、隠棲《いんせい》してきた五年間。間もなくこれまでの努力が実を結ぶ。

元来地味に目立たず生きることは苦ではなかったが、周りから馬鹿にされるのは辛かった。自分だけならまだしも、ばあやまで見下されるのは面白くない。

それでも、王の手つきになれない女は後宮での序列が最下層なのはしょうがないと諦め、受け入れてきた。

下働きの者からも軽んじられる屈辱に耐え、ティアに支給されるはずの経費を着服され、日ごとに食事や生活は粗末なものになったけれど、衣食住が確保されているだけマシだと自身に言い聞かせた日々。

いつしかティアの部屋は後宮の一番端っこに追いやられ、宮自体寂れていった。

何でも、色好みの王のため世界各国から集められた美女は数百人とか。

初めて知った際、ティアは『正気かしら？　精気を吸い尽くされて干からびない？』と訝《いぶか》ったものだが、異国では珍しいことでもないそうだ。どれだけ精力が強いのか。それとも子どもが死にやすいのか。いや、子どもだけではなく――

考えたくもないことだが、王の寵愛を求め女同士熾烈《しれつ》な争いが繰り広げられる過程で、自分自身の命も危ういことは簡単に予測できた。

とにもかくにも、数百人いる女たちを一か所に集めておけるはずもない。

後宮は増築され、最終的に五つの建物で構成されているというから驚愕《きょうがく》である。

現在、ティアが暮らしているのは、最も王城から離れている水晶宮。

端的に言えば、王の趣味ではない女たちが収容されている場所だ。

寵愛の序列によって、上から蒼玉宮《そうぎょく》、紅玉宮《こうぎょく》、翠玉宮《すいぎょく》、水晶宮となる。それとは別に、正式な妻として認められ側妃以上となると、金剛宮《こんごう》に住む権利を与えられる。

もっとも、ティアには全く関係ない話だった。

野心のある女たちはあらゆる手を使って上の宮へ移ろうとしていたが、そういう人とは積極的に距離を置いた。負け犬と嘲られても関係ない。

ティアと彼女たちとでは、そもそも戦っているものが違うのだ。

そうこうしている間に、アレイサン国の国王が急死し、王太子であった息子が後を継いだという報《しら》せが入ったのは四年前。

突然の事態にティアは腰を抜かすかと思った。

一般的に、代替わりすれば後宮も一新される。その場合、『慰労金』は微々たるもの。しかも貢献度によって金額が変わるのが常識で、一度たりとも王の渡りがなかったティアは、ほぼ無一文で追い出されるのが確実であった。

母国に帰れるのは嬉《うれ》しい。しかしそのためには旅費がいる。纏まった金がなくてはままならない。豊かではないチェッタ国が、ティアの帰国に備え用立てられるとも思えなかった。

――あの時は、お先真っ暗だとばあやと一緒に絶望したものよ……

けれど捨てる神あれば拾う神あり。ティアはそもそも拾われてもいないので、捨てられたわけではないが。

新たにアレイサン国の玉座に座った息子は、『戦後復興に金がかかる今、後宮の女どもを入れ替える必要はない』と宣言したらしい。

驚きである。代々好色な歴代の国王は、戴冠するなり自分好みの女を国内外から掻《か》き集《あつ》めるのが常であったのにも拘《かかわ》らず。

とはいえ、父親と寵妃を共有する気もなかったようで、『入れ替えられない女』には条件が付けられた。つまり、残されたのは『先王のお手付きではない者』のみ。他は慣例に倣い、慰労金が支払われ後宮から出された。

更に経費削減の命令により、残っていた女たちも次々と別の男に下げ渡されたのである。

──まぁ、新たな国王様は滅多《めった》に後宮に足を運ばないそうだし、だったらここで飼い殺しにされるよりも有力者の妻に収まった方が先々安泰と言えなくもないけど……──私は自分の国へ帰りたい。下手に結婚させられたら、それすら叶《かな》わなくなってしまう……！

ならば選択肢は一つだけ。

これまで以上に大人しく目立たず地下に潜る勢いで暮らすのだ。残りの四年間を。

幸いにも、『王の目に五年留まらねば、お役御免』は代替わりしても有効だった。

結果、気づけばうらぶれた水晶宮に残っているのはティア一人という有様である。

英雄色を好むを体現していた父親と違い、息子は少数精鋭の女のみを侍らせることを好むらしい。合理的なことである。その点だけは評価できなくもない。

──尤《もっと》も、後宮なんてものを抱えている時点で、私的にはナシだけどね。私の国では、側妃ですら認められていなかったし。

他国のことに口出しする気もないが、巻き込まれた身の上のティアは憂い気味に嘆息した。

言ってみれば、自分は打ち捨てられた後宮に居座っているようなもの。

基本、他の女性陣と交流を持たなかったティアはどんどん孤立し、情報もあまり耳に入らない。故に、外のことは全く分からなかった。

さりとて十三歳だったティアも現在は娘盛りの十八歳だ。それなりに身長は伸び、女性として成長はした。だがしかし、胸も尻も平均値。

容姿に至っては、幼い頃と大差ない。『子ども』から『大人』に変化しつつも劇的な変化を遂げたわけではなかった。

つまり平凡。どこにでもいる女の一人。これといって目立つ要素のない、ごく一般的な娘である。

「……仮に今国王様と顔を合わせても、選ばれない自信があるわ……」

喜ぶべきか嘆くべきか。それについては深く考えないことに決める。どうせ熟考したところで楽しいとは思えなかった。

とにもかくにもあと五日だ。待ちに待ったその日まで、油断は禁物。

ティアは両の拳を握りしめ、鏡に映る自身を見つめた。

「頑張れ、私。今日も全力でモグラのように潜《もぐ》って暮らすのよ……！」

「――ティア様、そのように後ろ向きに頑張ろうとしないでくださいませ」

鏡越しに呆《あき》れ顔《がお》で声をかけてきたのはばあやだった。

ティア以外、他にこの部屋にいるのは彼女しかあり得ない。来客なんて、ごく初期の頃に数度あっただけ。以降は本当に誰も出入りしないのだから。

「ばあや、あと五日なのよ？　気合も入ろうというものだわ」

「はいはい。気合を入れてモグラになるのですね」

「ばあやったら、何だか言葉に棘《とげ》がない？　貴女《あなた》だって一日も早くチェッタ国へ帰りたいでしょう？」

彼女だって国に残してきた子らに会いたいに決まっている。万が一にもティアがアレイサン国に留め置かれる事態にはなってほしくないはずだ。

「そりゃあ、生まれ育った国は恋しいですよ。ですがティア様の幸せだって、私は望んでおります」

「私の幸せはチェッタ国に帰ることよ。知っているくせに。……この国に私の居場所はないもの……」

居場所は用意されるものではなく、自ら作るものだとティアは考えている。

しかし散々馬鹿にされ『いらない』とまで示されては、心を強く持つのは困難だった。

「ティア様の性格は、ばあやが一番熟知しております。ですから無理を申し上げたことはありませんでしょう？　ただ花も盛りな乙女がモグラのように暮らそうとしていることが、哀れでならないのです」

「モグラは言葉の綾《あや》よ……それに間もなく全部報われる。期日が来れば万事上手くいくのよ。それもあとたった五日で！」

五年は長い。異国で頼る相手もなく心細さを抱えていたなら尚更《なおさら》だ。

郷愁の念は途絶えることなく、日々募る一方だった。毎日生きた心地もしなかったと言っても過言ではない。それがあと少しで終わる。興奮しないでいる方が難しかった。

「はいはい、分かっております。ところで本日は夜の散歩をされないのですか？」

夜の散歩。それはティアの数少ない楽しみの一つ。

元よりこの宮はひと気がないが、万全を期すため昼間は極力出歩かないことを決めている。いつどこでウッカリ他人に会ってしまうか分からないし、ひいてはそこから国王と遭遇なんてことになれば、目も当てられないためだ。

そこで日が落ちてから、ティアは外へ出ている。

今や荒れた水晶宮は夜ともなるとより陰気な雰囲気を醸し出し、人々から敬遠されているらしい。中には幽霊が出たなんて噂《うわさ》も囁《ささや》かれているとか。

おそらくその『幽霊』とやらは十中八九ティアが暗闇の中をそぞろ歩いていたのを誰かが目撃し、勘違いしたのだろう。

ますます好都合である。このまま誰も寄り付かないくらいで丁度いいと、ティアはほくそ笑んでいた。

「勿論行くわ。今夜は満月が綺麗《きれい》だし」

「さようでございますか。では私は先に休ませていただきますね。誰もいないとはいえ、くれぐれもお気をつけてください。小動物が侵入していることもありますので」

「ええ。お休みなさい、ばあや。ああ、小動物と言えばこの前、野兎《のうさぎ》を見たわ。とても可愛《かわい》かった。ふふ、今夜も出てくるかな」

ティアが夜の散歩に出る理由。それは気分転換だけが目的ではない。

後宮の裏庭には、薬草が生い茂っている。どうやらかつてここで暮らしていた誰かが植えたものが野生化しているようだった。

ばあや曰《いわ》く『この国では厄介な流行《はや》り病が数十年ごとに猛威をふるうそうです。そこでどなたかが薬を作ろうとしたのかもしれませんね』とのことだ。

すっかり忘れ去られ見向きもされず、それでも逞《たくま》しく生き抜いてきた薬草たち。

自分の姿を重ねたと言っては、感傷的か。

それらの世話をするのが、ティアの楽しみになっていた。この五年、元気に生きてこられたのは、『薬草園を蘇《よみがえ》らせてみせる』という目的があったおかげなのは否めない。

この国を去るにあたり心残りと言えば、手塩にかけて見事に復活させた薬草園を手放さなければならないことだけだ。

――いくつかは持ち出せるかな……乾燥させたものだけでも、チェッタ国へ持って帰りたい。できれば私の代わりに薬草園のお世話をしてくれる人が見つかればいいのだけど……贅沢は言えないな。最後まで心を込めて育てよう。

水や籠を準備して、ティアはばあやと別れ意気揚々と部屋を出た。

目指すは当然、秘密の薬草園。モグラだって夜は活動的になるのだ。

静まり返った回廊を渡り、暗闇へ足を踏み出す。裏庭に生い茂る雑草を掻《か》き分《わ》けた先に目的地はある。弾む足取りでティアは月明かりの下を進んだ。

「あ……そうだ。新しく蔓《つる》を這《は》わせる棒がほしかったんだわ。いい長さのものが落ちてないかしら？」

急遽《きゅうきょ》行き先を変更し、ティアは引き返して水晶宮の周りを散策した。枝でも落ちていればめっけもの。流石《さすが》にこの暗闇の中、森へ分け入る勇気はない。

適当なものが見つからなければ部屋にある壊れかけの家具を流用しようかなどと考えながら、一人ぼっちの夜を歩いた。

宵闇の向こうに、白亜の宮殿が浮かび上がる。

そこはアレイサン国の王城。勿論国王が住まう場所。かがり火があちこちに焚《た》かれ、他を威圧するように聳《そび》え立っている。

大勢の兵が今夜も警備にあたっていることだろう。王都で暮らす人数だけで、チェッタ国の国民の総数を超えているかもしれない。

――この国は夜でも賑《にぎ》やかで眩《まぶ》しい。活気があって発展しているからだよね……でも星空はチェッタ国の方が見事だったなぁ……何もない田舎は、その分空が広くて近かった気がする。

ふとした拍子に郷愁が募り、鼻の奥がツンとして、ティアは緩く頭を振った。

意識して大きく息を吐く。その時、視界の端に動くものが映った。

「あ……」

野兎《のうさぎ》だ。やはり可愛い。ついつい視線が吸い寄せられる。無意識に動きを追い、ティアは水晶宮からも薬草園からも離れていった。

――モフモフ……触ってみたいなぁ……

ドキドキと胸を高鳴らせつつ、物陰から野兎を見つめる。娯楽に飢えているせいか、ティアはつい前のめりになった。

興奮のあまり息が乱れ、傍《はた》から見れば不審人物であるなどとは考えもせず。

――え、待って？　あれ子兎じゃない？　か、可愛い……！

新たに小さな毛玉が草むらから飛び出してきた。

ピョコピョコ跳ね、茶色に白、斑《まだら》模様の生き物が集まってくる。そのあまりの愛らしさにティアの呼吸は更に乱れた。

――無理……！　触りたい気持ちが抑えきれない……！　だけど私が出ていったら、兎たち逃げちゃうよね……ああ、でもせめてあと少し接近したい……！

鼻息荒く兎親子を凝視する。次の瞬間。

「――貴様、ここで何をしている……？」

背後から男性の冷たい声がかけられた。

「え……っ」

思わず声を上げたティアに驚いたのか、兎たちはいっせいに逃げていった。だがこの場で誰より吃驚《びっくり》したのはティアで間違いない。

何せ首筋には硬く冷たい刃物があてられていたのだ。

「こんな刻限に王宮の敷地内でコソコソと……目的は何だ」

「えッ、あ、いや、私は……！」

気づかぬうちに後宮からだいぶ離れ、王城の間近まで来てしまっていたらしい。

本来、囲われた女たちが自由に出歩くことは認められていない。ティアが夜だけだとしても外へ出られるのは、放置されているからに他ならなかった。

存在を忘れられ、誰にも気にされず、警備自体おざなりだから放っておかれているようなもの。さりとてうろつくこと自体を認められてはいない。もし咎《とが》められれば問題になる。

まして『王の女』として集められた者が、別の男と接触するなんて一大事だ。処罰の対象にだってなりかねない。

ティアは一瞬の間にその可能性に思い至り、血の気が引いた。

「ち、違……っ、私は……そ、そうお城で働く小間使いです……！　こ、この先にある薬草を採《と》って来いと主に命令されました……！」

後宮の女だと知られては不味《まず》い。その一心で絞り出した嘘《うそ》はあまりにも稚拙。しかし押し通す以外なく、ティアは強引に言い切った。

「薬草……？」

「こ、この先に小さな薬草園があるのです」

「……そんな話は聞いたことがないが」

「本当です。たぶんかなり以前にどなたかが栽培されていたのではないでしょうか。近年は放置されていたみたいですが……そのまま枯らせるのは惜しいので、私が手を加えました。お疑いでしたら実際にお目にかけます。ついてきてください！」

大きな偽りを隠すには真実を適度に織り交ぜるのが得策。実際薬草園があるのは本当なので、ティアは一息にまくしたて両手を上げたまま恐る恐る振り返った。

背後に立っていたのは剣を構えた男。

暗闇の中でも黄金に輝く髪が印象的で鮮烈に眼《め》を射る。月明かりの下でさえ、輝きを放っていた。意志の強そうな瞳の色は青。

昼間の陽光の下で見れば、さぞかし宝石の如く美しいことは想像に難くない。しかも彼は度肝を抜かれるほどに容姿が整っていた。

切れ長の双眸《そうぼう》を縁取る睫毛《まつげ》は濃く長く、男性的でありながら繊細な顔立ち。額や鼻筋は高い知性を感じさせ、形のいい唇は意志の強さを滲《にじ》ませている。

それぞれの配置が僅かでも狂っていれば、これほど威圧感のある美は完成しないに違いない。

畏怖、と呼ぶべきもの。

他を圧倒するほどの美貌がこの世にあるなんて、ティアは初めて知った。しかも見事な体躯《くたい》は、服の上からでも鍛え上げられていることが窺える。未《いま》だ剣を構えた体勢に揺らぎはなく、一分の隙もない。

命の危機に晒《さら》されているのに、ティアは数秒間男に見惚《みと》れずにはいられなかった。

――こ、こんな美形がいるなんて……世界は広いわ……

自分は決して面食いではないし、逆に苦手なくらいだ。

あまりにも綺麗な人間は、そうでない者に劣等感を抱かせる。他者の容姿にさほど興味がないティアだって例外ではなかった。

比較するのもおこがましいと思う美を目の前にして、どうにも気後れし、自身のみすぼらしい格好や手入れの行き届いていない髪や肌が急に気になりだす。

無意識にジリッと後退《あとずさ》ったのがその証拠だった。

「……それで？　こんな夜更けに一人でひと気のない場所を出歩いていたと？」

「い、今から薬草園へ案内いたしますので、それをご覧になってから私の言葉が嘘か誠か判断なさってください」

ティアが後ろに下がったのを『逃亡の意図あり』と解釈したのか、男の瞳に剣呑《けんのん》な色が過った。

殺気を感じ取って全身の毛穴が開き、背筋を冷たい汗が流れ落ちる。このまま剣を引かれれば、ティアの頭と胴は泣き別れだ。冗談ではない。

自分は怪しい者ではないと理解してほしくて、死に物狂いで言葉を探す。だが元来口の上手くないティアははくはくと空気を食《は》むだけで精一杯だった。

焦るほど頭は空回りし、声すら出せない。完全に挙動不審者だ。よからぬ意図をもって行動していると思われても仕方なかった。

——こ、このままじゃ死ぬ？　え？　あと五日で自由の身になれるのに？

これまでならいくら兎が可愛いかろうと、ホイホイ後を追ったりしなかった。少なくとも後宮の周囲から離れ、王城へ近づくなんて禁忌も同然。五年もの間、全力で避けていた場所だ。

絶対にしようとも考えなかったし、人の気配には敏感だったはずである。

それなのに今夜のティアはお気楽に普段と違う行動をとっていた。愚かと言われれば反論の余地はない。どう言い繕ったところで、気が緩んでいたのは明白。あと数日で母国に帰れると思い、浮き足立っていたのだろう。

——私の馬鹿……！　油断しちゃ駄目だと分かっていたのに……！

後悔先に立たず。いくら悔やんでも足りやしない。

ティアは頭を抱えてのたうち回りたい気持ちを抑え込み、真正面から男の顔を見つめた。

「嘘はついていません……せ、せめて剣を下ろしていただけませんか。私は武器も持っていませんし……」

彼がティアの手にしている水や籠に素早く視線を走らせる。厳しい眼差しに貫かれ、生きた心地もしない。

やがてこちらの言い分に納得してくれたのか、男は剣を鞘《さや》に収めてくれた。しかし警戒が解かれていないのは明らかだ。探る視線は、一瞬たりともティアから逸《そ》らされなかった。

「……では薬草園とやらに案内してもらおう」

「は、い」

男の格好は騎士服ではなく、素材自体は高級そうだが、かなり簡易な身なりだ。ならば警備担当者でもない可能性が高かった。

――でもこの身体つきと雰囲気は、文官と思えない。とは言え帯剣しているなら、武官？ いったい誰なの……立ち居振る舞いは貴族に間違いなさそうだけど……身のこなしに隙がない。

どちらにしても、考えたところでティアに分かるはずもなかった。何故なら、これまで後宮に引きこもっていたせいで、この国の要人の顔すらろくに知らないのだ。

先王とも、初回の顔合わせが最初で最後の邂逅《かいこう》だった。

それさえ緊張と恐怖でガチガチに固まっていたティアはほぼ覚えていない。それ以前に顔を上げることも許されないまま後宮の隅っこへ放り込まれたのだ。

――ま、まぁ今後会うこともないでしょうし、とにかく今を乗り切れば私はチェッタ国へ帰れる。堂々としていればいいのよ……！

五体満足で母国の土をもう一度踏むという目的を胸に、ティアは己を全力で奮い立たせた。

「こちらです」

「……この先はかつて後宮として使われていた建物があるだけだが？」

「あ……それを越えた先にあるのです」

かつてではなく、今でも使われていますが？　という台詞《せりふ》は寸でのところで飲み込んだ。

——お城勤めの方から存在を認識されていないなんて、私ったら本当に幽霊みたいじゃない？　だったら五年なんて引っ張らず、あと五日を繰り上げて帰らせてほしいわ……

若干、腹立たしい。しかし不機嫌さを出すことなく、ティアは雑草を掻《か》き分けて先を急いだ。

月明かりの中、見知らぬ男女が二人きり。とはいえロマンチックさは微塵《みじん》もない。

ガサガサと草を踏み締め、一刻も早く薬草園に到達することしか考えていないからだ。

「ここです」

やがてぽっかりと開けた空間に出る。ティアが何日もかけせっせと除草し、残されていた薬草の株を増やし、土を耕し柵を作って整えた大事な畑だった。

「こんなところがあったのか……」

かつては荒れ果てて野生にすっかり返っていた植物は、今やきちんとした管理下にある。完全に『人の手によって作られた薬草園』を目にして、男は数度頷《うなず》いた。

「なるほど。適当な戯言《たわごと》ではなかったようだ」

「あ、あの状況で嘘なんてつけません」

殺気を放つ男に平然と偽りを述べられる胆力なんて、ティアにはない。

「だが、どうしてこんな場所で？」

「だ、誰も世話をしていないようでしたし、貴重な薬草も残っていたので……下手に植え替えると、枯れてしまうものもあるんです」

できることならティアだって、もっと日当たりと水捌《みずは》けがいい場所で手広く育てたかった。

しかし自分は自由に出歩けない身。後宮の裏手でコソコソと続ける以外道はなかったのだ。

勿論、そんな事実を馬鹿正直に告げる気はなく、ティアは曖昧にごまかした。

「ふん……なるほど」

幸いにも彼はそれ以上追究する気はないのか、青々とした薬草をざっと眺める。その場にしゃがみ込み、手近に植わっていた葉を見分した。

「……よく育っている。かなり手塩にかけ世話しているのだな」

「わ、分かりますか？　その種類は栽培が難しいのです。葉や茎より花に一番効能があるのですが、咲かせるのが大変で……！　去年から、やっと蕾《つぼみ》を結ぶようになったんです。今年もどうにか花開きそうで、今から楽しみなんですよ」

小さな蕾を愛《め》でる男に理解者を見つけた気になって、ティアはつい頬《ほお》が綻んだ。

これまでばあやですら、ティアの話にさほど興味を持ってくれなかった。薬草を育てることに反対はしなくても、『手が荒れるのでお控えください』と進言されてきたのだ。

だからこそ、労《ねぎら》う言葉に心が躍る。深い意味のない社交辞令だとしても、心底嬉しかった。

「明日の朝には開花すると思います。珍しい花なので、もしお時間があれば見に来てください。しかもそれは、同種の中でも一層貴重な赤い花弁なんです。必見ですよ」

普段、喋《しゃべ》る相手はばあやしかいないこともあり、一度滑《なめ》らかになったティアの口はなかなか止まらなかった。それも好きな話題なので、余計に饒舌《じょうぜつ》になる。同時にティアの表情は生き生きしたものへ変わっていた。

「薬草に詳しいのか？」

「あ、いいえ……勉強らしいことができたのは十三歳までで、以降は同じ本を何度も読んだだけです。ですから最新の知識とは言えません」

アレイサン国へ送られる際、好きな本を数冊の持ってくることは許された。

だが新しい本を手に入れることなどできるはずもなく、ティアは手元にある貴重な資料を擦り切れるまで繰り返し読み込んだのだ。今では内容も挿絵も全て、完璧に頭に入っている。

それでも五年の間に薬草に関する研究は進んだことだろう。過去には思いもよらなかった効能が見つかったかもしれないし、斬新な活用方法が発見された可能性だってある。もしくは新種が作られていてもおかしくない。

それらを思うと、もどかしい。チェッタ国へ戻ったら、大急ぎで新な知識に触れたいと熱望していた。

「でもいつかもっと詳しくなって、人々の役に立ちたいと考えています。貧しい人々は医者にかかることも薬を買うことも厳しい……そんな時、身近な薬草で改善できるようになったら、大勢の人が助かると思うのです。何せ私の故郷では医師が少なく、たいていの場合は母親や祖母が薬草を煎じて飲ませ、終了です。だから本当はすぐに実現したいのですが、今は諸々《もろもろ》制約があって難しい状況で……」

「そうか。色々事情があるんだな。それにしても自分のためではなく大局を見ているとは、素晴らしい志だと思う。……まるで為政者のようだ」

「えっ」

当たらずとも遠からずなので、ティアは反射的に身をこわばらせた。

小国の姫君に過ぎなくても、ティアは一応王族だ。それ故つい、視点が平民ではなくなっていた。

「ぁ、その……大それた夢ですよね。己のこともままならないのに……」

「いや。夢を持つのは素晴らしいことだ――君の名前は?」

立ち上がった男が先ほどよりも随分柔らかな声で問いかけてきた。醸し出す空気も刺々《とげとげ》しさが減っている。

完全にティアを信じたとは言えなくても、警戒を緩めてくれたらしい。そのことにホッとして、こちらも自然と笑顔になった。

「……ティア、です」

国名でもある姓を名乗ることはできない。しかし咄嗟《とっさ》に偽名も思いつかず、ティアは本当の名前を口にしていた。

それくらいなら、自分の素性はきっとバレない。そもそも幽霊扱いされている女のことを、正確に記憶している者がいるかどうか、甚だ疑問だ。

おそらく彼も名前を聞いてはみたものの数秒後には忘れている程度の興味だろう。ならばガチガチに構える必要もあるまい。そう判断し、ティアは瞬いた。だが。

「私はカリアスだ。今夜は面白いものを見せてくれて、ありがとう。気分転換したかったから、丁度良かった」

まさか丁寧に名乗り返されるとは思ってもみなかったので、驚いた。

今のティアは、下働き同然の格好をしている。到底、後宮の女どころか良家の子女にも見えないはず。そんな自分に貴族と思《おぼ》しき男性が人並みの礼を尽くすとは思えなかった。

特にアレイサン国は身分の差が歴然。チェッタ国は国民全部を広義の意味で家族と捉えていたが、そういう考え方は珍しいのだ。

ティアは戸惑いつつも、背の高い男を見上げた。

「あの、気分転換とおっしゃいましたが、夜の散策をなさっていたのですか？」

「ああ……少しの時間、一人になれる場所で深呼吸したかった」

「では私が邪魔してしまったのですね。申し訳ありません」

どうやらカリアスが息抜きをしようとしていたところへ、のこのこと現れたのがティアだったらしい。それも、妙に怪しい状況で。これでは彼を苛立《いらだ》たせてしまっても不思議はない。

ティアは誠心誠意謝るつもりで深く腰を折った。

「本当にすみません。あの、私はもう行きますから、後はお好きなだけ羽を伸ばしてくださいませ。思う存分ここで過ごしていただいて、大丈夫ですよ」

「ティアは薬草を摘みに来たのではないのか？」

素早く立ち去ろうとしたティアに、カリアスが首を傾《かし》げる。せっかく警戒が解けたのに、再び不審人物扱いされては堪らないと思い、ティアは慌てて籠を抱え直した。

「あ！　そうでした。うっかり忘れるところでした……」

「手伝おう。どれを摘めばいい？」

そう言われては、上手く別行動には持ち込めない。結局ティアは彼と共にしばらく薬草採取をする羽目に陥った。

――今夜は色々なことが巻き起こるな……

「――あ……それは汁が服につくと落ち難《にく》いので気をつけてください」

「分かった。これと隣の葉は似ているが少し香りが違うようだ」

「ええ。実は別のものです。よくお分かりになりましたね。そちら花開いたものは適さないので、あちらをお願いします」

「ほう。本当に君は博識だな。ところで虫食いが多いということは、人が食べても美味しいのだろうか」

などと会話しながら、時間が過ぎてゆく。ティア一人なら短時間で撤収する作業に、普段の二倍はかかってしまった。

それでも――楽しかったからか、体感ではあっという間だった気がする。

黙々と手を動かすよりも、あれこれ人と喋りながら動く方が随分充実していた。しかもカリアスがティアの話に耳を傾け、大仰に相槌《あいづち》を打ってくれるため、語りにも熱が入る。

自覚はなかったものの、おそらくティアは他者との何気ない会話に飢えていたのかもしれない。ばあやとは毎日言葉を交わしていても、大きな変化や刺激はなかった。

――この国へ連れてこられてから、こんなにお喋りしたのは、初めてかもしれない。

彼と渋々一緒に作業していたことを忘れ、ティアは弾む気持ちで充実した時間を過ごした。こんなに楽しい時間を味わったのはいつ以来かも思い出せない。それほど、満たされていた。

「――後回しにしていたごみの処理までしていただき、ありがとうございます。かなり時間がかかってしまいましたが、カリアス様はお戻りにならなくて大丈夫ですか？」

「ああ、私のことは気にしないでくれ。どうせ戻っても眠れやしない」

「え？」

しかし上機嫌だったティアは、彼の言葉に固まった。

「眠れない……？　何か理由が……？　もしやこれからお仕事でも？　まさかお忙しいのに薬草摘みを手伝ってくださったのですか？」

「いや――この数年、不眠症を患《わずら》っている」

やや顔をそむけたカリアスは、眠れない原因を口にするのを恥じている空気があった。

見るからに身体は頑健そうだから、体調不良を打ち明けることに抵抗感があるのかもしれない。そういう人は結構多い。特に、恵まれた体格を持ち、己の健康に自信を持つ者には。

「そうですか……」

不眠症の原因はいくつかある。

精神的重圧や、心や身体の病、薬物の副作用に加齢など。単純に睡眠時間が確保できない生活習慣も考えられる。どれか一つではなく、複合的な要因もあるだろう。

――でも、この方は見た感じ病気や薬物の影響はなさそう。ご年齢だって、精々二十代後半よね？　だとしたら、横になる暇を作れないとは思えない。それに薬草を摘む時間があるなら当て嵌まる理由は――

「お疲れなのではありませんか？　身体だけでなく心も疲弊することはありますよ」

「休息は可能な限りとるように心がけている。それに眠れない以外は頗《すこぶ》る元気だ」

精神面の疲労を認めたくない人は一定数いる。それを知っているティアは、強引に『心の問題だ』とは言い辛《づら》くなった。

――カリアス様の気分を害する真似《まね》はしたくないし……でも困っている人をこのまま見て見ぬふりするのも嫌だな……

どうせ間もなくこの国を発《た》つとしても、楽しい時間を共有した人を見捨てたくはなかった。それはティアの信条に反する。

しばし考え、ティアはとあることを思いついた。

「あの、私いいお茶を持っています。ここで採れた薬草から煎じたものなのですが、緊張が解けて安眠の効果がありますよ」

「お茶？」

「はい。飲めば身体が温まりますし、茶葉を袋に入れて匂いを嗅ぐのもいいと思います。薬ではないので、副作用は気にしなくても大丈夫です。今、持ってきますね！」

自作の茶葉はあと五日では飲みきれない量がある。全てを持って帰るのは難しいと思っていたため、ティアは浮かんだ名案に手を叩《たた》きたくなった。

――捨てるのは勿体《もったい》ないもの。飲んでくれる人がいるなら、願ったり叶ったりだわ！

「いや、私は……」

「少しだけ、ここで待っていてください。すぐに戻ってきますから！」

こちらを呼び止める声に振り返らず、ティアは自らの部屋まで走った。頭の中は、カリアスに茶葉を渡すことで一杯。我ながら、最高の思い付きだ。

「――そうだ、ついでに湯船に入れて入浴すると筋肉のこわばりが解ける薬草も渡そうかな。毒素を排出する効果があるものもいいわね。切り傷打ち身に効くものも！」

保存してある瓶を次々に開け、ティアはどんどん楽しくなってきた。

こうして人の役に立つことを願いながら、足踏みしてきた五年間の鬱憤を晴らしたい。そんな気持ちがあったのは否定できなかった。

モグラに徹していた分、余計なことはできず人と関わることも避けていたのだ。社交的な性格では決してないけれど、人との繋がりを断ちたかったわけでもない。

――私にできることがあるのは、嬉しいな。

小さなことでも達成感がある。ひょっとしたら五年間の苦労がこれで報われるのでは、と薬草園に戻るティアの足取りは軽かった。

「お待たせしました！　こちらは茶葉です。普通に湯を注いでいただいて数分蒸らして飲んでください。それからこっちは湯船に入れると疲れが取れるものなどです」

一つ一つ掲げながらティアはカリアスに説明した。かなりの量になったが、籠ごと渡す。彼はティアの勢いに押されたように、戸惑いつつも全て受け取ってくれた。

「あ、ありがとう……？」

「気に入っていただけたら、もっとお渡しできますよ。——その、五日以内にいらしてくださればば……ですけど」

「五日？　何故？」

カリアスが不思議そうに目を細める。それはそうだろう。彼にしてみれば意味が分からないに決まっていた。

「……ええっと……それを過ぎると私はここにいない可能性が高いので……」

「王城勤めを辞めるのか？」

心底驚いたようにカリアスが双眸を見開く。

働き口として、王城は庶民の憧れだ。給金もいい。よほどのことがない限り、退職する者はいないので、意外だったのかもしれなかった。

「もしや……結婚するのか？」

「え？　いいえ、そんな予定は欠片《かけら》もありません！」

本当なら、ティアは五年前に先王のお手付きになるはずだった。それを結婚と呼べるかどうかはともかく、自分の立場は今でも一応『王の女』だ。この状態で結婚なんて想像もしていなかったので唖然《あぜん》とする。

——でもそうか……国に戻ったら、そういう可能性もなくはない。結婚願望はないけど。お兄様の補佐をして、薬草の研究に没頭して——かつて抱いた夢が現実味を帯びるのね……！

未来の選択肢が急に増えたのを実感する。一気に眼前が明るくなった気もして、ティアは満面の笑みを浮かべた。

そして心を込めてカリアスに頭を下げる。

「今夜は本当にありがとうございました」

「いや、礼を言うのは色々貰《もら》った私の方だが——」

「いいえ。薬草摘みを手伝ってくださいましたし、何よりも楽しい時間をありがとうございます。将来について考えるきっかけもいただきましたし。これで心置きなく旅立てます」

「旅立つ?」

しまった。つい口が滑った。

言わなくていいことを喋ってしまったと気づき、ティアは口を噤《つぐ》んだ。

一呼吸して気持ちを落ち着けると、ティアは再度彼に首を垂れる。

「雇用期間が終わり、出身地に帰るのです。ですからもし私に御用があれば、五日以内にいらしてください。私は大抵同じくらいの時間に薬草園におりますので! その、余計なお世話かもしれませんが、話を聞くくらいはできます」

月光に照らされた彼は非の打ち所がない美丈夫で、人の助けなど必要ではないのかもしれない。それでも少しの会話が心を軽やかにすると実感した今、ティアは自分も誰かの気持ちを楽にしてやりたいと願っていた。

「あ、無理に事情を聞き出そうとは思っていません。壁や木に独り言を漏らすのと同じです。口にすると頭の中を整理できることもありますよ」

「ふ……まるで経験者だな。もしや君にも心の内を吐露できる相手がいないのか？」

「し、失礼ですね。お喋りする相手くらいいますよ」

ばあやだけだが。

宵闇の中でもこちらの頬が染まったのが見て取れたらしく、カリアスが楽しげに笑った。

「はは……っ、君の言う通りかもしれないな。内に抱え込むだけではいつか心が破裂するかもしれない」

「そうです。人によって容量は様々ですが、無限の人はいません。自分が大丈夫だと思っていても、気づかぬうちに限界を超えることもあるのです。そうならないためには、小出しにするのが得策です！　それに自分のことをあまりよく知らない相手の方が、気楽に話せることもありますよ」

下手に慰められたり助言されたりするよりも、ただ耳を傾けてほしいこともある。

ほんのひと時、傍にいてくれるだけで救われることも。

ティアがじっと彼を見つめると、カリアスは微《かす》かに瞳を揺らした。

「――……じゃあ、今宵《こよい》の戯《たわむ》れに、とある情けない男の話でも聞いてくれるか？」

「勿論！」

問うまでもなく、それは彼本人の話だろう。けれどわざわざ確かめる無粋な真似をする気はない。ティアは近くに転がっている岩にショールを敷き、その上に腰掛けた。

「どうぞ。カリアス様も隣に座ってください」

「君は私がこれまで出会った令嬢とはまるで違うな……所作はそれなりの教育を受けていそうなのに」

「え、ぁ、わ、私の仕える方が教えてくださるので……！」

「そうか」

しどろもどろになるティアに彼はふっと笑った。何やら色々察していそうにも見え、若干狼狽《うろた》える。しかし問い詰めてはこないことに安堵《あんど》し、ティアはカリアスの話を促した。

「では、改めてどうぞ」

「ああ。……ふ。女性に敷布を用意されるのは初めてだな。いつもは逆だ」

ティアの真横に腰を下ろし、彼が夜空を仰ぐ。星の煌《きら》めきより眩しい金糸が額に落ちかかり、得も言われぬ神秘的な美を演出した。

――まるで夜の精霊ね……

二人以外誰もおらず、しばし共に月を眺めた。静寂が心地いい。沈黙を破ったのは、カリアスの方だった。

「――……その友人は、父親に年々似てくるのが怖いそうだ。姿かたちがあまりにも生き写しで、自分でもゾッとすると言っていた」

子が親の外見的特徴を引き継ぐのは、珍しいことではない。だがそういう話を彼がしているのではないのは分かる。

ティアは不用意に口を挟めず、肩が触れ合うのに任せた。

「……皮肉にも、父を知る人間にとっては、その息子が生き写しであることが誇らしいようだ。何かにつけ称賛のつもりであれこれ言ってくる。悪気がなく質《たち》が悪い。よもや息子がその都度吐き気を催しているとは考えもしないのだろうな」

「……その方は、お父様と折り合いが悪いのですね」

「生き方も考え方もそりが合わない。理解できず、嫌悪感が拭えない――とこぼしていた」

取って付けた最後の言葉で『他人の話』としてカリアスは語っている。その意を汲《く》んで、ティアは小さく頷いた。

「血が繋がっていても、心も通じ合うわけではありませんものね。別の人間なら価値観が違って当然だと思います」

「……だが、その父親は成し遂げたことだけ見れば、偉大なる成果を上げている。強く、立派な理想的人物だったとも言える。だからこそ周囲は息子に、『よりそっくりになること』を望むのだろう」

悪意なく。善意でもって、模倣を望む。両者の間に認識の差があるなんて、思いもよらず。

「比較され、あまつさえ『流石あの方の息子だ』と言われれば、段々息ができなくなってゆく。特に夜は考える時間が増えて、眠れなくなる……らしい」

溺れかけている男の姿が垣間《かいま》見えた。このままでは彼が窒息するのは時間の問題ではないか。

さりとて何も知らない自分が出しゃばれる話でもない。

ティアは慎重に言葉を探った。せめて僅かでも、カリアスの心を軽くできるように。

「……きっとその方は、お優しい人なのですね。他者の期待を裏切りたくない。叶えてしまえる才能もある。だからこそ己の心を偽って、要望に応えようと無理をなさっているのではありませんか？」

ティアは無意識に彼の手を握っていた。剣を握るために鍛えているのか、カリアスの手は硬くごつごつとしている。それは周囲からの重圧に耐えるため努力してきた証に思えた。

――働き者の手だわ。綺麗なだけの手より、私はずっと好き。

「そういう誠実で頑張り屋の方が、己を卑下する必要はないと思います。その男性のお父様がどんな方か私は存じ上げませんけれど、結局のところ別人です。顔が似ていようと才覚が同じであろうと、思考や生き方まで一緒にしなくていいんです。心は、自由でしょう？　何があっても縛れません」

「自由……？」

ティアの語る何かが琴線に触れたのか、彼が目を見開いた。青い瞳にティアが映っている。

見つめ合ったのは数秒。吹き抜けた風が薬草を騒《ざわ》めかせた。

「お父様と似ていて、同じ偉業を成し遂げられる能力があっても、ご本人は別の一人の人間です。私は口が上手くなくて気の利いたことが言えませんが、これだけは忘れないでください。逃げられない運命の荒波に飲み込まれても、最後まで足掻《あが》く自由は皆持っているんです。私はそう信じて生きてきました。――……ぁ、えっと、そうお伝えいただけますか？」

無関係な人間の噂話の体で濁す。

つい熱がこもったのは、ティアも他人事ではないからだった。

自分だって周りの圧力に屈している。好きなようには生きられない。けれど夢も希望も捨てたことはなかった。諦めなければ、いつか道が開けると信じたいのだ。

同じではなくても、どこか重なる悩みを抱いた仲間がいるのは心強い。

ティアの言わんとすることは伝わったようで、カリアスがそっと瞳を伏せた。

「……必ず伝える。聞いてくれて、ありがとう」

「ええ。私も改めて気合が入りました。――ぁ、そろそろ戻らなくてはなりませんね……」

目印にしている星が、いつの間にか中天を過ぎていた。ティアの帰りがあまりにも遅くなればば、ばあやが心配するかもしれない。

「そろそろ私は行きます。カリアス様もお気をつけてお戻りください」

「あ、ちょ……」

「では、私はこれで失礼しますね。またお会いできたら嬉しいです。お休みなさい！」

素早く踵《きびす》を返す。念のため、遠回りして水晶宮の入り口を潜り、自室に戻った。これで彼はまさかティアが後宮の女だとは思うまい。完璧である。

——初めて会った怪しい女の話を真剣に聞いてくれて、私を褒めてくれて……ご自分だって悩みを抱えているのにいい人だったな。

ああいう気さくな人がアレイサン国にもいると知っていたら、この国での生活ももう少し楽しいものになっていたかもしれない。惜しいことをした。

——もっとも、後宮にいる私が国王様以外の男性と密会なんて許されないけど。

いい思い出作りができたと満足感に浸りつつ、ティアがこの夜快眠したのは、言うまでもない。この上なく充足感を味わって、近年一番のいい夢まで見た。

そして翌日。

ティアはとんでもない窮地に立たされることになったのである。

「こ、これはいったい……」

悪夢なら、覚めてくれ。そう何度も願い、強く瞬《まばた》きしても現実に変化はなかった。

眼前には大勢の騎士たち。彼らは皆一様に片膝をついている。その後ろには侍女の中でも高位と思しき女性陣が控えていた。何せ着ているものが違う。お仕着せの制服ではなく、貴族階級の女性なのが窺えた。

それだけに止まらず、廊下には沢山の荷物が積まれている。どれも箱からして豪奢《ごうしゃ》で、中に入っているのが芋や人参《にんじん》でないことは確実だった。

形状からしてドレスや宝飾品の類ではないだろうか。どちらにしても、母国にいた頃から馴《な》染《じ》みがない光景にティアは圧倒された。

「ティア様……！」

「おおお落ち着いて、ばあや」

小刻みに震えるばあやと支え合い、ティアはとても信じたくない現実と向き合っていた。両脚は生まれたての小鹿の如く震え、奥歯はカチカチと鳴っている。顔面は蒼白《そうはく》で、眩暈《めまい》までする。だが安易に意識を手放してはいけないことは、薄っすら察せられた。

恐怖、混乱、動揺といった感情だけが、ティアの内側で荒れ狂う。懸命に現状を把握しようと理性を掻き集めても、冷汗が滲むだけ。想定外の事態に、思考力は鈍麻していた。

——何で？　どうして？　突然何が巻き起こっているの？

いつも通りの時間に目覚め、顔を洗い質素な服に着替えたティアは、ばあやと一緒に簡単な朝食を食べている最中だった。

今日も今日とて、代わり映えのしない静かで退屈な日を過ごすはずだったのに。

何年振りかに部屋のドアをノックされ、恐々扉を開いたのは十分ほど前。

ずらっと居並ぶ面々は、どう見ても今の自分よりも小綺麗で身なりがいい。そんな人々がティアに敬意を示しているのだ。

——これまでこんな扱いをされたことは一度もないのに……っ？

早朝の来客自体初めてで困惑したが、ティアの驚きはそれで終わりではなかった。

彼らの先頭かつ中央に立つ男には見覚えがある。一度暗闇の中で会っただけだが見間違えようもない。

煌めく黄金の髪に、澄んだ青の瞳。尋常ではない美形は、今なお網膜に焼き付いていた。しかも昨晩の記憶だ。一晩寝たからといって忘れるほど、ティアの物覚えは悪くはないのだ。

——陽光の下では更に美しいと思ったけれど、予想以上だわ……だけど、今そんなことはどうでもいいのよ。

昨日の真夜中、偶然知り合った男性。カリアスがそこにいた。

想像通り、月光の下でも太陽の下でも息を呑《の》むほど麗しい。他を圧する存在感には、ティアもつい畏敬の念を抱く。もしここに画家がいれば、筆を執らずにはいられないのではないか。

ぼんやりとそんなことを夢想したが、直後にティアは緩く頭を振った。

——いや、だから問題はあの方がどれだけ美形かという話ではなくて、何故ここにいるかなのよ。それも大勢の人間を従えて！

昨晩との差異は、人数の違いだけではない。

簡素な服を纏っていたはずのカリアスは一転、今日は重厚感溢《あふ》れる装いに身を包んでいる。その姿は、まるで正装。それも相当裕福で高位の貴族でしか許されないような有様だ。

――もしくは、王族にしか……

ティアの頭の奥で警鐘が鳴り響く。それはもう豪快に。滅多やたらに鐘を打ち鳴らされている気分だ。気分が悪くなる錯覚を覚え、眩暈までしてきた。

アレイサンの先王は壮年になってなお、かなりの美貌を誇っていたはず。ただし好色であり、常に女性をとっかえひっかえし侍らせていた。それでも圧倒的な美丈夫で、一夜の情けを望む者も少なくなかったとか。

ティアには到底理解できないし、したいとも思えないが、先王の姿絵を拝見した際には、『なるほど』と思わなくもなかった。

見事な金糸の髪と宝石めいた艶《つや》やかな双眸。彫像のように逞しい体躯。どうせ姿絵なんて美化しているものと侮り眉唾だと決めつけていた。だから真剣に眺めてすらいない。

けれど聞き間違いでないのなら、息子である現国王は、父親の若い頃に瓜二《うりふた》つと耳にしたことがなかっただろうか。

つまり、髪と瞳は同じ色。そこらにいるはずもない、非常に整った顔立ちだとしたら。

「ティア、私は水晶宮はもう使われていないと勘違いしていた。後宮に関する報告を受けるのを後回しにしてきたせいで、君に不自由を強いて申し訳ない」

「え、ぁ、はい？」

何故、彼が謝罪するのか。答えは明白な気もするが、あえて考えたくはない。

ティアは浮かんだ答えを全力否定するつもりで、口角を戦慄《わなな》かせた。

「いえ、カリアス様に非はないかと……」

「いや、父上から玉座を引き継いだ際、後宮に住まう女性たちも私の管轄下に置かれた。皆それぞれ相応《ふさわ》しい場所へ振り分けたつもりだったが、手落ちがあったようだ」

人間、あまりにも大きな衝撃を食らうと、理解力が格段に落ちるものらしい。

ティアは頭を鈍器で殴られた気がして、数秒息が止まった。もしかしたら、心臓も停止していた可能性がある。それほどの爆弾を投げ込まれたのも同然だった。

――……え？　今、カリアス様は『玉座を引き継いだ』とおっしゃった……？

言うまでもなく玉座とは、国王が座るものだ。その地位にない者が腰を下ろせば、不敬罪もしくは反逆罪として即処刑されかねない。冗談では済まない発言でもある。

――待って。嘘でも質の悪い軽口でもないとしたら……え？　いやいや、え？

素直に言葉の意味を飲み込むには、心が受容拒否している。受け入れてしまえば、取り返しのつかない事態になる予感があった。

「謝罪にもならないが、こうして私自ら迎えに来たのに免じて、どうか許してほしい」

「許すも何も、怒っていませんが……」

本音を言えば、あと四日放っておいてくれたらそれでいい。

いない者として扱い、幽霊だと噂されても構わない。逆に大歓迎だ。

ティアは喘《あえ》ぐ勢いで息を継ぎ、ばあやの手を強く握りなおした。

この先に続くであろうカリアスの台詞を聞きたくない。もし耳にしてしまえば、一巻の終わりだ。全てが水の泡。不思議とそれはヒシヒシと感じ、救いを求めて視線をさまよわせた。

しかしカリアス以外の人間は、首を垂れているばかり。誰一人ティアと目が合わなかった。

不快な耳鳴り音が大きくなる。それなのに彼の声だけは明瞭に響くのが解せない。

いっそ耳を塞いでしまえばいいのか。けれどティアの指は思い通りに動かせず、縋《すが》るようにばあやの手を握るだけ。

妙にカリアスの唇から目が離せず、彼が息を吸い込んだのがありありと見てとれた。

揺るぎのない眼差しがティアにまっすぐ注がれている。朗々と響く男の声は、他者に命令し慣れているのが滲んでいた。ただこの場に立っているだけでも存在感が半端ない。

この場を支配しているのが誰なのかは——世情に疎いティアにも嫌というほど伝わってきた。

「今日からティアの居室を金剛宮へ移す」

「はいいっ?」

こんなに大きな声が出たのはいつ以来だろう。叫び慣れていない分、喉が痛い。しかしそれにかまけている場合ではなかった。

「こ、金剛宮……？　どうして私がそんな恐ろしい場所へ……いいえ、何故カリアス様に決定権が……？」

答えなんて聞きたくないのに、質問している自分は阿呆《あほう》なのかもしれない。

しかし問わずにはいられない。これが、己の人生を一変させる疑問だとしても。

「それは勿論、私がアレイサン国の王だからだ。あらゆる権限は私にある」

目の前が真っ暗になる経験は、これで二度目。

自分が大国への恭順の証に差し出されると知った時が一度目だ。皮肉にも二回ともアレイサン国が関わる理由だとは。ティアは運命の残酷さを呪いたい気分だった。

――……え？　嘘でしょう？　あと四日だったのよ……それで何もかも元通りになるはずだったのに……

希望の糸が突然ぶち切られた。それどころか火をつけられ消し炭にされた。

それも、ティアに『いい思い出』を提供してくれた男の手によって無慈悲に。

――こんなの……詐欺《さぎ》にあったようなものじゃないっ？

冷静に考えれば、端《はな》からティアはカリアスのものであり、騙《だま》されたわけでは決してない。だが心はもう生まれ故郷に半分以上飛んでいたティアには、騙し討ちされたのも同然だった。

あともう少し。数日で得られた自由が虚《むな》しく砕ける。

昨夜、彼と出会うことがなかったなら。おそらく今日も、夜に薬草園に行くのを楽しみにしていた。花が咲いたかどうかを一日中考えながら。

ほんの少し時間と場所がずれていれば、今日こんな事態にはなっていないはずだ。だとしたら全てはティア自身の迂闊《うかつ》さのせいに他ならなかった。

——でも、だとしても、誰かを責めたくて堪らない！　私が失敗したと重々理解しているけれど、神様あなたを呪います……！

意識を手放しかけているティアの眼前でカリアスが艶やかに微笑《ほほえ》む。

父親譲りと謳《うた》われる美貌は、問答無用に眩しかった。ただし、ティアは全くもって面食いではない。むしろ非の打ち所がない美しさに、逃げ腰になった。

「わ、私はこのままで……」

「昨夜君からもらった茶は、効果絶大だった。ありがとう。おかげで久しぶりにぐっすり眠れたよ。ティアの語る夢とそれを叶えるために努力する姿にも感銘を受けた。これからは私を傍で支えてほしい」

お断りしますと言えたなら、どんなに良かったことか。

だが無理だ。そんな状況にないことは、ティアにも分かる。逃げ道は完全に塞がれていた。

いや、退路があると思っていたこと自体、ティアの楽観的な勘違いだったのかもしれない。

——終わった……

「さぁ、行こう」

差し出された手を振り払う選択肢はない。輝く笑顔にあてられて、クラクラと眩暈がした。動けないティアに焦れたのか、カリアスがやや強引にこちらの手を取り、歩き出す。昼間、部屋から出たのは何年振りか。もう思い出せないし考えたくもない。

水晶宮から外へ足を踏み出せば、うんざりするほどの晴天が広がっていた。

雲一つなく、彼の瞳の色そっくりな澄み渡った青空。それをこんなに恨めしく感じる日が来るとは、いったい誰に想像できただろう。

こうして唐突かつ強引に、ティアのモグラ生活は終焉《しゅうえん》を迎えたのである。

第二章　寵愛、何それ？　美味しいの？

もしかしたら自分はカリアスの不眠症を癒《いや》すために呼ばれただけではないのか、という淡い期待は瞬く間に砕け散った。

欠片ほどの可能性でも大事に温めていたのに、残念無念である。

ティアは金剛宮に住まうただ一人の女となり、扱いは完全にその他大勢ではない『王の女』だ。てっきり他にも何人かは寵妃がいると思っていたのに、後宮内は人の気配がない。

その上、蒼玉宮を始めとした他の宮も同様だと言うから驚きである。どうやら閑散としていたのは、水晶宮だけではなかったらしい。

――全然知らなかったわ……ずっと他者との交流を断って、隠れ住んでいたようなものだったから……

カリアスに代替わりしてから、『王の女』はどんどん減らされていったそうだ。もともと先王の時代のまま残された女性たちは、数百人のうち三十人にも満たなかったのだとか。

――つまり百人単位でお手付きだったということよね……絶倫……怖いわ……それなりのお

年だったのに、元気すぎでしょう……まさか腹上死されたんじゃないわよね？　いや、こんな品のないことを考えてはいけないわ。

残った女性陣も次々にカリアスの腹心たちと縁組し、後宮を去っていったと聞き、ティアは愕然《がくぜん》とした。

ばあやが仕入れてきてくれた噂で耳にしていたものの、よもや自分以外は全員とっくに第二の人生を手に入れていたなんて、考えもしなかった。

ということは、もしもティアがコソコソ逃げ隠れしていないで普通に暮らしていたら、今頃は後宮を出られていたかもしれない可能性がある。

——いいえ、それではチェッタ国へ戻れないじゃない。この国で誰かに嫁がされたら、後宮で飼い殺しにされるのと変わらないわよ。ああ、でも結局私は帰国できなくなっている……！

頭を抱えて嘆き悲しみたい。そんなことをしても一つも解決しないが。

金剛宮に連れてこられたティアは、これまでとは比べ物にならない華やかな服を纏い、広い部屋で立派な調度品と大勢の使用人に囲まれていた。

貢物同然の女にしてみれば、国王の寵愛を受けるのは、最高の出世だろう。栄華を極めたと言っても過言ではない。この世の春だ。

しかし全く望んでいない者にとっては、地獄以外何物でもなかった。

——帰りたい。切実に……！

いくら食べ物の品数が増え美味しく贅沢になっても、高価な化粧品が使い放題になっても、毎日新品のドレスが常にクローゼットに並んでいても、そんなことをティアは欲していなかった。

喜ばしいのは、ばあやが膝や腰を庇《かば》いながらあくせく働かなくてよくなったことくらいだ。それとて、働き者で動いていないと落ち着かない彼女から仕事を奪ったようで心苦しい。

実際ばあやは毎日退屈そうにぼんやりしている。掃除しようとすれば「休んでいてください」と道具を取り上げられ、水を汲みに行こうとすれば他の者にお茶の準備をされ、すっかり暇を持て余していた。彼女の最近の主な業務は、ティアの話し相手だけという有様である。

――飼い殺しされる場所が変わっただけだわ……これならモグラでいた方が自由があった気もする。

今のティアは、部屋の外にも出られない。

金剛宮の室内はとても広く水晶宮の狭さとは比較にもならないし、本来出歩けないのが普通なのかもしれないけれど、どうにも気鬱になる。

今日も一日、だだっ広い部屋の中で本を読んだりばあやと他愛無い話に興じたりしただけで終わろうとしていた。カビが生えてしまいそうである。

扉の外に控える騎士は、ティアの安全を守ると言うより逃亡を妨げ閉じ込めるためにいるのではないか疑ってしまった。そう考えると沢山の侍女も監視が目的なのではと疑心暗鬼になってくる。だとしたらここは絢爛豪華《けんらんごうか》な牢獄《ろうごく》だ。

日がな一日、落ち着かない部屋の中、借りてきた猫の如く座っているだけ。

それが三日目ともなると、ティアの精神は限界に近付きつつあった。

――もう、無理。薬草園にも行けていないのよ？　不眠改善の茶葉ならいくらでも作ってあげるから、私を解放してくれないかしら……！

明日。それでティアがアレイサン国にやってきて五年目になる。

今ならまだ間に合うのではないか。赤裸々に言えば、自分はまだ生娘である。カリアスはあの日以来、姿を見せないのだ。

――つまり私は未だ『お手付き』ではないはず……たまたま金剛宮に移されただけで……扱いは側妃のそれだけど……でも！　既成事実はない！

彼とは一度もそういう関係になっていないのだから、『五年』の約束は有効と言えなくもなかった。いや、まだ生きていると考えて問題ないはずだ。

少々強引にティアは自分を納得させ、蜘蛛《くも》の糸の如き細い救いに縋りついた。

まだ諦めたくない。諦めたら、そこで全てが終了だ。

五年間の辛かった諸々を思い浮かべ、ティアは必死に奮起した。

――次にカリアス様にお会いできたら、私の願いを申し出てみよう。何でもするのでチェッ夕国へ帰らせてくれと懇願するのよ。あの夜だって彼は真剣に話を聞いてくれたもの。きっと耳を傾けてくださるわ。

真摯に母国へ戻りたい旨と、今後も茶葉の提供は続けると約束すれば、何とかなる。

強い気持ちは捨てまいと心に誓った。その時。

「陛下がいらっしゃいました」

深々と首を垂れた侍女が厳かに告げる。すると他の者らも揃《そろ》って退出していくではないか。しかも「え？」と戸惑うばあやを連れて。

「ちょ……ばあやは置いていって！」

「ご安心ください。また明日お目にかかれます。お休みなさいませ」

「ティア様ぁああっ」

無情にもばあやは半ば引きずられながら連れ出されていった。残されたのは、ティア一人。

そして入れ替わりにやってきたカリアスだった。

「数日ぶりだな」

「はい……」

次回会えたら言いたいことが沢山あったのに、いざとなると言葉が出てこない。

ティアは中途半端な体勢で立ち上がったまま、口元を戦慄かせた。

「座ってもいいか？」

「えっ、ぁ、はい勿論です」

言われて初めて、彼を扉付近に立たせたままだと思い至る。

仮にも大国の王を、自分如きが困らせてしまった。とんでもない失態だ。

慌ててソファーを指し示し、ティアはオロオロと視線を泳がせた。

——やっぱりばあやには戻ってもらおうかしら……だって二人きりにされても、会話が続かないわ……

薬草園で盛り上がれたのは、カリアスがアレイサン国の王様だなんて微塵も知らなかったためだ。ティアはそもそも異性に慣れていない上、社交的とは言い難く、気の利いた話題なんて思いつきもしない。

接待なんて向いているわけもなく、引き攣《つ》った気味の悪い笑みを浮かべるのが精一杯。愛想笑いすら上手くできないのだ。意気込みは充分でも交渉の糸口すら掴めず、二人並んでソファーに腰掛けて無言の時が流れた。

——ん？　もしや私は隣に座ってはいけなかった？　身分や立場で考えたら、床に座るのが正解だったの？　そうよ、許しもなく当たり前のように横に腰を下ろすなんて、無礼者と言われてしまうわ……！　ど、どうしよう？　あの夜、並んで腰かけたから、つい……！

動揺のあまり、自分でも何を考えているのか迷子になってくる。

さりとて、今更立ち上がるのもわざとらしい。どうしたものか迷っている間に、突然カリアスの手でティアの肩が抱かれた。

「……っ？」

引き寄せる力に抗えず、そのまま身体が傾《かし》ぐ。あまりにも自然に、ティアは彼の身体に寄り掛かる姿勢になった。まるで恋人たちが仲睦まじく過ごしているかのように密着し、自身の頭はカリアスの肩にのせられる。

——これは……いったい？

今、何が起きているのか。疑問符だらけになった頭の中は、とにかく熱い。煮《に》え滾《たぎ》っているのかと不安になるくらいだ。心臓は一気に加速していった。

「……っ」

髪を梳《す》かれるのが擽《くすぐ》ったい。勿論毛先に感覚はないが、妙にこそばゆくてじっとしていられなくなる。だが立ち上がることもできないのが不思議でならなかった。

首を軽く竦《すく》めることは可能でも、両脚には力が入らない。身体を起こしてまっすぐ座ることさえ難しい。虚脱したティアの肢体は、彼にしなだれかかったまま。

そうしてカリアスの手が頭を撫《な》でてくれ、肩を滑り落ちてゆく感触を味わっていた。

離れなくては、と冷静に考えている自分もいる。だが心と身体が連動せず、ティアは瞬きばかりを忙しく繰り返した。

——ドキドキして……冷静でいられなくなる……っ

とにかく恥ずかしい。こんなことは人生で一度も体験したことがなかった。自分には縁遠いと思っていたし、さほど興味もなかったのだ。

それなのに、少なくとも嫌ではない。どんな反応を返せばいいのか分からなくても、振り払いたいとは思えなかった。

ひょっとしたら、彼の手つきから僅かな緊張感が伝わってくるせいかもしれない。力強くティアを抱き寄せたくせに、その後はどこかぎこちなくこちらに触れてくる。

荒ぶる心音が自分だけのものでなく、カリアスの胸からも響いてくると気づいてしまったのも、理由の一つだった。

——カリアス様も緊張しているの？　触れている場所が、すごく発熱している……。

指先は勿論、頭を預けた肩先も。服越しの身体が燃え上がりそうな錯覚もある。

「ティア……」

「ひゃ、ひゃい……っ」

緊張感が最高潮に達した瞬間、彼が名前を囁いた。その音が僅かな風を生んでティアの肌を炙《あぶ》る。ザワッと全身が粟立《あわだ》って、何とも言えない衝動が体内に生まれた。

おそらくそれは、官能と呼ばれるもの。生まれて初めて味わう禁断の果実に、ティアは激しく戸惑って恐々視線を上げた。

カリアスと至近距離から眼差しがぶつかる。ヒュッと喉が鳴ったのは、息が乱れたから。

呼吸の仕方が分からなくなり、息苦しい。だがそれ以上に込み上げる何かがあった。

「あ……」

「私は亡き父が正妃であった母上を蔑《ないがし》ろにし、多くの女性を囲っていたことに反感を抱いていた。だから王位を継いでも後宮には一度も足を運ばなかったし、帰る場所のない女性のみを残した。それも年々数を減らして……——最終的に君しかいない」

「あの、えっと……私が残っていることを、ご存知《ぞんじ》ではなかったのですよね？」

「ああ。全員退去したと思い込んでいた。だからティアには随分苦労と不自由をかけたと思う。本当に申し訳なかった」

真摯に謝る声音に嘘は感じられない。謝罪なんて彼の立場ではする必要もないのに、ティアに申し訳なく思ってくれるのか。それが意外でもあり、むず痒《がゆ》くもあった。

「その、カリアス様は何も悪くないです。私、言うほど困っておりませんでした」

悠々自適ではなかったし、蔑ろにされているなぁと感じてはいたが、衣食住は保証されていたのだ。後宮で一度も役に立ったことがない女としては、充分恵まれている。それにチェッタ国での生活水準を思えば、アレイサン国での冷遇はそれほど最悪ではなかった。

——我が国では王族であっても、贅沢三昧《ぜいたくざんまい》なんて夢のまた夢だものね。

「カリアス様が頭を下げる必要はありません。あの、でももし何らかの責任を感じていらっしゃるなら——」

今から自分にお役御免の許しをくれ。そう願い出るつもりで大きく息を吸う。

しかし、ティアが希望を口にするより一瞬早く。

「ティア、私の妃《きさき》になってくれ」

「ぐっ」

喉奥で蛙《かえる》が潰れたのに似た音が出た。

聞き間違いであってほしい。全力で祈り願う。だが幻聴でもないのは、ティア自身が一番理解していた。

――そ、そんな目で私を見つめないでください……!

熱烈という言葉は、おそらくこういう時に使うのだ。

火傷《やけど》しそうなカリアスの視線に射抜かれて、呼吸すらままならない。目を背けることは勿論、瞬きも躊躇《ためら》われた。

彼の瞳の奥に揺らぐ不安なんて、見つけなければよかったのに。いっそ自信満々に命令されたら、ティアは首を横に振れたかもしれない。

けれど懇願し、渇望する色を滲ませられては、軽々しく返事はできなくなった。許容も否定も選べなくなる。

ティアの最終目標はあくまでも母国へ帰ること。そこは絶対に揺らがない。

にも拘らず、迷い始めた自分がいるのも事実だった。

——何を流されそうになっているの、私は……！

脳裏をよぎるのは、数日前カリアスと過ごした僅かな時間のことだ。思い出と呼ぶには儚《はかな》く、どこか幻想的ですらあった。

あの短い時間はとても居心地がよく、ティアの心を慰めてくれた。

何も残せなかった無為な五年間に意味を持たせてくれたようなものだ。きっとこの先も、忘れることはないと思う。鮮烈な記憶でなくても、一生ティアの奥底に宿り続けるに違いない。

同時に、彼に対して好印象を抱いている。

束《つか》の間《ま》心が通じ合った感覚は、何物にも代えがたい。『人の役に立てた』と実感させてもらえ、感謝だってしている。だがしかし、それとこれとは問題が別だ。

——ここで頷いたら、側妃一直線じゃないの。チェッタ国へは二度と帰れなくなる。そんなの嫌……！

ばあやもこの国に骨を埋めることになってしまう。それはあまりにも可哀相《かわいそう》だと感じた。しかしだからと言って、ティア一人残りばあやを送り出すのは、想像しただけでゾッとする。

異国に、一人ぼっち。それも欠片も望んでいない栄華を極めてどうするのだ。

今後もしカリアスが正妃を迎えれば、自動的に女の戦いが勃発である。水晶宮でヌルヌルと躱《かわ》してきた争いを、もっと熾烈に繰り広げなくてはならなくなるということだった。

逆立ちして考えても、答えは『無理』。

ティアに、権力闘争は向いていない。まして男性からの寵愛なんて不確かなものを頼りにして、荒波を泳ぐ勇気はなかった。

――この方は絶対的権力者で、『私の主』。本来なら何年も前にこういうことを求められていたし、あるべき関係に収まっただけとも言える……だけど私にとってはついこの間、初めて会っただけの人でもあるのよ……！

今すぐ答えなんて出せやしない。こんな時、上手い言葉を捻《ひね》り出《だ》せない我が身が恨めしい。

ティアはあわあわと口を開閉させた。頭を全力で駆使して逃げ道を探す。あくまで、穏便に。王へ無礼を働いたとは責められないように。

しかし簡単に妙案が思いつくくらいなら、おそらくティアはもっと楽に生きてこられた。

「どうか頷いてくれ。君は既に私のものかもしれないが、改めて求婚させてほしい」

「うぐぐ……っ」

目も眩《くら》む美貌が切なげに歪《ゆが》められる。実に破壊力が凄《すさ》まじい。

何の防壁も設けず真正面から食らえば、命を落としかねないのではないか。そしてティアはものの見事に食らってしまった。

いつの間にか両手を握られ、ますます逃げ出せなくなっている。半ば覆いかぶさられるようにして、ティアは背をのけ反らせていた。

「わ、私は……っ」

「父のように命令一つで君を思い通りにはしたくない。傍にいてほしいと望む女性に出会ったのは、初めてなんだ。頼む、この先は共に歩む私の伴侶となってくれ」

今までこんなにも求められたことはない。正直に言えば心が揺れた。

カリアスと顔を合わせたのはこれで三回目。互いに理解し合っているとは到底言えない。

それでもあの出会いの夜、二人の間に何らかの交流はあったと信じたかった。

しかし無邪気に運命や奇跡を信じられるほど、ティアは無垢《むく》でもない。

——でも……お父様よりも年上の男性に貢物として差し出されるよりは、ずっといい……

ただ肉欲の道具として見做されているのではないと、カリアスからは感じられた。

ティア自身を見てくれている。それが勘違いでも錯覚でも、小さく温《ぬく》もりのある夢を見られたのは事実だ。本当なら、問答無用に命じられ従わねばならない身なのに、気持ちが通い合った気分に浸れたのだから。

「いきなりのことにティアが戸惑っているのは分かっている。だが私も必死なんだ。明日、『五年目』の期日がくると聞いた。それが過ぎれば君は後宮を出されると……」

「し、知っていたのですか？」

「ああ。だがこれまでは便利な期限程度にしか考えていなかった。後宮から出ていくのを拒否する者も中にはいる。行く当てがないのかもしれないが……こちらが用意した縁談も気に入らないとなると、扱いに困る。そんな時に五年の規則は解決の手段だったんだ」

ティア以外にもやむにやまれぬ事情で、簡単に後宮を去るのが難しい者もいたようだ。

――だからカリアス様に代替わりしても、そこから期限延長にはならなかったのね……

彼は初めから、いずれ全ての女性を解放し後宮を空にするつもりだったのだろう。

「では本当に私以外、誰も後宮に残っていないのですか……？」

そんなまさかと信じられない。数日間の内にティアの状況は変わり過ぎて、未だ理解が追い付かなかった。

「ああ。私には大勢の女性は必要ない。ただ一人、心から愛せる人と寄り添い合いたい。意図したことではないけれど、ティアが水晶宮に残ってくれていたのは、奇跡であり運命だと思っている。――君も同じ気持ちだと、嬉しい」

直球の言葉に酩酊《めいてい》しそうになった。こんなにも飾り気のない台詞をぶつけられ、とても冷静でなんていられない。

そうでなくてもティアの経験値は著しく低いのだ。どう返せばいいのかまるで思いつかず、結局カリアスと見つめ合うことしかできなかった。

――どうしよう。とても目を逸らせない……

目も耳も惹きつけられる。当然、心も引き摺《ず》られた。これ以上彼と話をしていたら、本格的に逃げられなくなるに決まっている。すぐにでも『私には荷が重い』と伝えなくては。

何度も息を吸い込んで、ティアはその度に拒絶を吐こうと試みた。けれど短い一言が喉に絡んで出てこない。首を横に振ろうとしても同様に、ままならなかった。

自分に迫ってくるのは、あらゆるものを掌中に収めた大国の王であり、先王と同じく戦《いくさ》の神と讃《たた》えられる強く恵まれた肉体を持つ人だ。その上ずば抜けた美形。

戦後の混乱を上手く乗り切る才覚があり、この若さで老獪《ろうかい》な貴族らを抑え込める手腕も有している。そして異性関係では誠実な面もある。

とてもティアと釣り合うとは思えず、何故こんなにも自分を求めてくるのか不可解だった。

はっきり言えば、素直に頷くのが怖いのである。

——安易に了解なんてできる問題じゃないでしょう？　一生がかかっているもの……！

握られた手が熱い。眼差しが絡んで身じろぎは不可能。何か言わなければと焦り、肝心の台詞が見つからない。途方に暮れて、ティアは眉を震わせた。

そんな冷静さを失った様子を見て何か感じたのか、彼からの圧がほんのりと緩む。前のめりだった体勢は、少しだけ後ろに下がった。

「——返事を急《せ》かしてすまない。この数年のティアの行動から考えて、私の目に留まろうと微塵も考えていなかったのは、分かっている。むしろ関心を引かないよう身を潜めていたこともね。そういう奥ゆかしく欲のないところも、好ましく愛らしい。私の妃になろうと狙う者たちは、誰も彼も野心家で躱すことに疲れていた。相手をするのも食傷気味だったんだ」

「あ、愛ら……っ？」

男性からそんな風に言われたのは初めてで、ティアは狼狽《ろうばい》した。

自分よりずっと容姿の秀でた人に褒められて、悪い気はしない。とはいえ、反応に困り果ててしまった。

——こういう場合、どう対処するのが正しいの？　ありがとうございますとお礼を言えるほど私は場慣れていない。だからって謙遜するのも逆に自意識過剰な気もする。それにカリアス様の言い方だと、私がグイグイいかないのが物珍しかっただけでは……？

微笑んで流すくらいが丁度いいのだろうか。しかし全力で表情を取り繕うとしても、ティアの頬は思い切り強張《こわば》ったままだった。

——駄目だ。ちっとも頭が動かない。だって五年間も実質引き籠っていたのよ？　人間社会そのものが久しぶりなんだもの……！

考えてもみてほしい。地中に生息していたモグラを真っ昼間に地上へ連れ出したら、どうなるかを。

機能停止だ。生存するために全力を尽くし、他の感覚を後回しにする他なかった。

——私の手に余る。

ポンコツ具合を遺憾なく発揮し、ティアは硬直した。

そんな惨状をどう解釈したのか、カリアスは切なげに唇を綻ばせる。

「——無理強いはしたくない。だが諦めるつもりもない。ひとまずはこの金剛宮に滞在すると約束してくれ。その間に私はティアの心を手に入れてみせる」

握られていた手の甲に口づけられ、脳が沸騰《ふっとう》するかと思った。

思いの外柔らかな彼の唇が触れた部分が、異常に熱い。ティアの顔と全身は真っ赤に染まっているに違いなかった。

「私に猶予と機会を与えてほしい。どうか、頼む」

譲歩され、懇願されている。そんな風にへりくだらず、命令一つで全てを思い通りにできる人が。誠実にティアを見つめ、こちらの返答を待ってくれていた。

「私を哀れと欠片でも思ってくれるなら——もう少しだけこの国に残ってくれ」

細められた双眸があまりにも官能的で、クラクラする。色香が駄々《だだ》洩《も》れの男に五感の全部が搦《から》め取られた。

妖艶かつ危険な匂いが充満し、呼吸する度に体内から侵食される。瞬いても視界に映るのはカリアスだけ。気づけば二人の間にあった空間は、再び駆逐されていた。

今はもう、鼻が触れ合いそうなほどの距離感。彼の体温と香りが感じ取れ、吐き出す呼気が産毛を撫でる。恋愛経験さえない女が、これらを真正面から受け止めきれるはずもない。

思い切り惑乱し、ティアにできたのは夢中で頷くことのみだった。

「わ、分かりました……！　ひとまず勝手に出ては行きません……！　数日間、金剛宮に寝泊まりするだけでしたら……！」

そうでも言わないと口づけされるかと思った。もしくはこのまま押し倒されそうで怖い。万が一王の手付きになれば、ティアの『五年目の野望』は叶わなくなる。それなら期限が先延ばしされても、既成事実だけは断固阻止しなくては。

――帰国のめどはしばらく立たなくなるけれど、二度と祖国に戻れないよりはマシだわ。この場は曖昧に濁して、時間稼ぎするしかない。

涙目になりながらティアが約束すると、あからさまにホッとした様子でカリアスが姿勢を正した。

「ありがとう。では私も全力で頑張ろう。明日からよろしく頼む」

「え、は、はい……?」

何を頼まれているのか釈然としないが、とにかく何度も頷いた。直近の危機は去ったようである。

が、そう考えたのも束の間、彼がティアの額にキスをしてきて再度思考力は空の彼方《かなた》に消えていった。

「……っ?」

「お休み、ティア」

満足そうなカリアスが颯爽《さっそう》と立ち上がり、ティアを横抱きにしてくる。突然の浮遊感に慄《おのの》いているうちに、運ばれたのはベッドの上だった。

――えっ、まままさかこのまま……

「隣で眠るが、今夜は君に何もしない。約束する。だから安心してくれ」

全く安心できませんとは、流石に言えない。そんな暇も与えられず、ティアは彼が横臥《おうが》するのを唖然として見守った。

「こ、ここでお休みになるのですか？」

「ああ。この部屋に来る前に、君がくれた茶を飲んできたから安眠できそうだ」

さも当然と言わんばかりに肯定され、それ以上何を言えばいいのか。ティアがオロオロしている間に、カリアスは枕の位置を調整していた。

これではもう、ティアも大人しく従うしか道はない。

言いたいことは色々あったが、仕方なく自分もベッドに横たわる。他人と、それも異性と同じベッドで眠るなんて初めての体験だ。

どうにも落ち着かず、瞳を閉じることもできなかった。当然、睡魔など行方不明だ。

「……あの、少しお話してもよろしいでしょうか」

「大歓迎だ。対話こそ互いを知るためには欠かせないことだろう。何でも聞いてくれ」

眠気は一欠片《ひとかけら》もなく、沈黙が居心地悪くて堪らない。このまま寝るのは難しいと感じ、ティアは蟠《わだかま》る胸の内を吐き出すことにした。

――カリアス様のおっしゃる通り、私たちはお互いに知らないことが多い。というか、ほとんど何も知らないわ。今後事態がどう転がるとしても、この状態は望ましくない。

「……様々なことが突然変わり、私は戸惑っています。その、私たちはまだ数える程度しか話したこともないのに……強引ではありませんか？」

「そのことについては心から詫《わ》びる。だが一つだけ弁明させてくれ。こんなに女性に対して我を通したのは、今回ティアに対してが初めてだ」

言外に『特別である』と滲まされ、胸がきゅっとなった。

彼が自分の何を気に入ってくれたのか、見当もつかない。だからこそ、不安になった。

「……カリアス様は、後宮を解体するおつもりだったんですよね？」

「ああ。自分には必要ないものだし、後宮を維持するには莫大《ばくだい》な費用が掛かる。無用な長物だとしか思えなかった。それに――私は父のようにはなりたくない」

「先王様と確執があったのですね……」

その件は薬草園での会話で伝わってきた。ティアには想像もつかないしがらみを抱えているのだと。あの時は不用意に踏み込むのは躊躇われ、深く問い直すことはできなかったけれど。

「……カリアス様は先王様とは別人です」

「以前も同じことを言ってくれたな。――あれは本当に嬉しかった」

「先日は詳しい事情が分からなくて、当たり障りのないことしか言えませんでしたが……今は紛《まぎ》れもない本心です。だって、私は先王様とお会いした際、恐ろしくて顔も上げられませんんでした。まして声を上げることなんて到底無理で、意識を失いそうでしたもの。でもカリアス様には、そういう恐怖は感じません」

驚くほど美形だと怯《ひる》みはしたが、初対面から案外言いたいことは口にできていた。

それは勿論、彼が国王だと気づかなかったせいもあるかもしれない。

圧倒的支配者だと知らなかったため、身構えずにすんだ。だが、それだけではないとティアは思っている。

何せいきなり刃を突き付けられたのだ。充分命の危険はあった。

それでも共に薬草を摘むうちに、警戒心が薄れていた理由を上手く説明できない。もしかしたら明確な原因などない可能性もある。

勘や相性。雰囲気。そういう曖昧なものを感じ取り、いつしか心が解《ほぐ》れたとしか思えなかった。

——茶葉を渡す頃には、殺されると思わなくなっていた。同志みたいな不思議な連帯感さえあったような……

一つだけ確かなのは、『もう一度会えたら嬉しいな』と心の片隅で思っていたこと。

ティアはあと数日しかアレイサン国で過ごす気はなかったのに、その間再びカリアスと話す機会があればいいと考えた。

五年もの間この国で暮らし、そんな風に別れを惜しんだ人は一人もいない。深く付き合わないよう、親しくならないようむしろ避けるばかりだった。

だがあの夜、ティアは自ら『またお会いできたら嬉しいです』とまで告げた。軽い気持ちで漏れ出た言葉ではあったが、込められた意味は大きい。

思い返してみれば、気づかぬうちにカリアスへ特別な何かを感じていたのではないか。

それは縁と呼ばれるもの。形はなく、幻同然。けれど『くだらない』と切り捨てるにはティアの心を捉えて離さなかった。

——あの時既に、私はカリアス様へ何らかの思いを抱いていたのかしら……本能的に、先王様とは違うと。

「いくらお顔が似ていても、お二人は同一人物ではありません。似せようとする必要もありませんよ」

「……ティアがそう言ってくれると、心が軽くなる。他の誰に言われるより説得力があるな」

低く笑った彼の手が、ティアの手に重ねられた。他者の熱と重みを感じ、ドキドキするのに安心感もある。

そのままどれだけ時間が経《た》ったのか。

いつしかカリアスは寝息を立て始め、安らかな寝顔に、不思議とこちらが癒された。

——本当に寝てしまったわ……今更部屋を出ていけなんて絶対に言えない。それに、普段凛々《りり》しい方の無防備な寝顔って、少し可愛いわ……

王を起こすなどもっての外だ。ただでさえ不眠に悩んでいた人でもあるし、眠れるならしっかり休息を取ってほしかった。

——お疲れなのね……そりゃそうよ。お忙しいに決まっている。それなら私も変なことを考えずに、素直に寝よう。

この場合、『変なこと』とは、『すわ、夜伽《よとぎ》』なのだが、先走っておかしなことを宣《のたま》わなくてよかった。危うくやる気満々の女になるところだったではないか。

——そう、よね。こんなに綺麗な人が私なんぞに手を出すほど不自由しているとは思えないもの。嫌だ、勘違いするところだった。恥ずかしい……！

ついさっき情熱的な告白をされたことは無理やり忘れ、ティアは己の精神的安寧を優先した。

つまり、深く考えないことを選んだのだ。

——寝よう。寝てしまおう。夜が明けたら、色々考えればいいわ。

だが明日では遅いとティアが気づいた時には全てが手遅れ。

翌朝、目を覚ますなり自分が嵌《は》められたと気づき、愕然としたのは言うまでもなかった。

「おめでとうございます、ティア様！」

涙を浮かべたばあやが頬を染め、喜色満面で歓喜を露《あら》わにした。

こんなに喜びを体現している彼女を見るのは、随分久しぶりだ。おそらくアレイサン国へやってきてから初めて。

背後に花や光を背負っているのかと思うくらい、ばあやは浮かれ散らかしていた。

「え？　何か祝われることがあった？」

寝起きのショボショボした目を擦り、ティアはベッドから半身を起こした。

以前とは違う寝心地のいいベッドのせいで、ついつい朝が起きられず、寝坊した。それでも昨日までは慣れない部屋が落ち着かなくて深く眠れていなかったのだが、今日は思い切り熟睡できたようだ。人間はあっという間に慣れる生き物である。

——あ……カリアス様はもういらっしゃらないのね。そりゃそうか。太陽の高さから見て、もう昼近いもの。私ったらあの方が隣にいたにも拘らず、惰眠を貪ってしまった。我ながら逞しいわ。

横で眠っていた彼はとうに起きて王として執務にあたっているらしい。己との違いに、申し訳なくなる。一応は、同じ王族なのに。

「まぁ、照れなくてもよろしいのですよ。ばあやは全て分かっておりますからね。ささ、湯浴《ゆあ》みの準備はできております」

「え」

ティアに朝から湯を浴びる習慣はなかった。顔が洗えれば充分だ。それは長年仕えてくれている彼女が一番よく知っているはず。

それなのに弾む足取りのばあやに促され、ティアは浴室へと連れていかれた。

「何？　私、汗臭い？」

「大胆なことをおっしゃって！　ティア様もついに大人になられたのですね」

寝て起きただけでいきなり大人の階段を上れるはずはないと思うのだが、ウッキウキのばあやは何故か張り切っている。

ティアは首を傾げつつ、『せっかく湯を用意してくれたなら』と夜着を脱いだ。

「カリアス様はお優しい方のようで、私安心いたしました。ティア様にご無体を働くような殿方なら、黙っていられないと思っていましたのよ」

「……？　確かにカリアス様はとても親切な方だけど……」

「加減を知らず、自分本位な行為をする方も少なくありませんからねぇ。ほほほっ」

彼女の言わんとしていることがさっぱり分からず、ティアは怪訝《けげん》な顔で湯船に身を沈めた。

湯の温度が丁度いい。この数日、色々あって疲れていた。たまには起き抜けに風呂を楽しむ贅沢も悪くはない。そんな気分で肩から力を抜いたのだが。

「ティア様がカリアス様の寵愛を受け、これからは後宮の主《あるじ》になられるのですね。今こそ、ご結婚おめでとうございますと心からお伝えできます！　昨晩は恙《つつが》なくお済みの由、ばあやは嬉しゅうございます！」

「ごっふぉッ?」

とんでもない幻聴が聞こえたせいか、ティアは浴槽内で足を滑らせた。

肩までどころか頭まで湯の中に浸《つ》かり、慌てて立ち上がる。だが動揺が激しく、体勢を崩しまたもや水没しかかった。

「な、な、な……っ?」

「初夜を問題なく終えられ、私がお育てしたティア様が正式にカリアス様の妃と認められるなんて、感無量でございます。チェッタ国の国王様と王妃様もさぞやお喜びになるでしょう。早速手紙を認めなくては!」

「ままま待ってばあや。昨晩は何も……っ」

そう。二人の間には何もなかった。けれどそれを知っているのは当事者だけだ。

傍から見れば、『カリアスがティアの部屋で一夜を明かした』事実があるのみ。王と後宮の女が同衾《どうきん》し、周囲がどう見るのかを、ティアはこの時初めて気が付いた。

——それって……ただ並んで眠っただけだとどこの誰が信じるのよ? いや、でも本当に私たち淫らなことはしていないわ!

証拠ならある。

ティアはピカピカの生娘ではあるが、これでもチェッタ国を出る前に一通りの花嫁教育は受けてきた。知識だけなら耳年増《みみどしま》だ。故に、女性は初めて男性をその身に受け入れると、大抵の場合出血すると知っていた。

「シーツ……！　シーツを確認して。綺麗なものでしょう？　汚れなんてないはずよ！」

「ほほほ、ティア様。恥ずかしがらなくても、大丈夫です。万事ばあやにお任せくださいませ。これでも長年女を生きております。シーツでしたら既に、カリアス様からお二人が睦まじく過ごした証拠として受け取っておりますよ」

顎が外れなかったことを褒めてやりたい。それくらい、ティアは大口を開けて固まった。

――今……ばあやは何て言った……？

悪夢だろうか。それとも妖精や悪魔の類に惑わされているのか。

初夜の後、そういう風習があることは聞き及んでいる。出血の痕跡により花嫁の純潔を証明し、晴れて夫婦になった証とするのだ。だがあくまでも、閨での行為がなければシーツが汚れるわけがない。精々皺《しわ》が寄る程度だろう。

ティアはひどい耳鳴りに耐えつつ、自らの身体を両腕で抱きしめた。

「だ、だったら何もなかったって分かったでしょう……っ？」

「ばあや以外、誰も血の跡を見ておりませんので、あまり気になさらないでくださいまし。乙女ならば皆通る道でございますからね。ほほ……初体験に戸惑い恥じらうのは、ティア様だけではありませんよ。ばあやだって四十年も昔には、ねぇ？」

頬を染めた彼女の言葉はティアの耳を右から左に流れていった。

自分に出血した覚えは皆無だ。月のものの予定はしばらくない。就寝時に鼻血を噴いたこともないのだ。それなのにこんな絶妙なタイミングで寝具を汚すわけがなかった。

――え？　え？　だとしたら、カリアス様が偽装したということ……？

それしか可能性が思いつかない。彼は『何もしない』と誓ってくれたものの、それはティアに対してでありベッドでの工作は別だと思い知らされた。

こうなってはもはやティアがどれだけ『何もなかった』と声を上げても無駄だ。誰にも届かない。ばあやのように『恥ずかしがっているだけ』と解釈されるのがオチだった。

肉体的接触はティアとカリアスの間にはなく、正確に言うと『五年』の規約は破られていない。しかし既成事実は出来上がった。

本当なら、今日でティアは堂々と後宮を出る権利を得られたはず。だがその夢は完全に露と消えてしまったのだ。

――騙されたぁああ！

完全に嵌められた。深く考えなかった自分が悪いのも否めないものの、カリアスはきっと最初からこうなることを予測していたと思う。

ティアが目を覚ます前に諸々後処理が終わっているのが、彼の計算を窺わせた。

――策士！　何て腹黒いの？　いいえ、あの若さで大国の舵取《かじと》りをするには、これくらいの腹芸できて当然なのかしら……とても私に太刀打ちできるはずがない！

お手上げだ。降参である。今更何を申し立てたところで、この劣勢をひっくり返すのは不可能だった。むしろ下手に発言すればするほど苦境に立たされる気がする。もうティアは水晶宮の端っこで隠れ住む幽霊でも、モグラでもないのだ。

他者から見れば、立派な寵妃。それも金剛宮唯一の主だった。

「うぐぐ……」

静かに生きたい。目立ちたくない。多くは欲さず、地味で安穏とした人生を望んだはずが、まさかこんな荒波に漕《こ》ぎ出す羽目になるなんて。いったい誰に予想できたことか。

――神様の悪戯《いたずら》？　悪魔の嫌がらせ？　いいえカリアス様のせい以外、どんな理由があるのよ……！

二人が偶然出会ったあの夜が転機になったとしても、ティアがしたのは薬草園で彼と語らったことと、茶葉などを渡したことだけだ。それがこんな結果を招くとは。

しかし今頃後悔しても何もかもが遅い。

事実に反し、ティアがカリアス唯一の寵妃となったのは覆《くつがえ》せなかった。もはや確定事項。

周囲がそのようにティアを扱うことを、誰に責められようか。

……とはいえ、そんな悪夢そのもののやり取りがあったのもひと月前のことである。

指折り数えた五年間は遅々として進まなかったのに、事態が一変してからは息継ぐ間もない勢いで日々が動いた。

あれからティアは金剛宮で何不自由ない生活を送っている。そしてカリアスは毎晩部屋へ通ってきていた。

「ただいま戻った」

「……お帰りなさいませ……たまにはご自分の寝室へお帰りになってはいかがでしょう？」

「つれないことを言わないでくれ。私はティアを全力で口説くと決めたんだ。でないと捨てられて、君はチェッタ国へ戻ってしまいかねないからね」

「戻れる芽を潰したのは、カリアス様では……？」

つい恨みがましい声も出ようというもの。だが彼はさも心外だと言わんばかりに片眉をつり上げた。

「結果的にティアには申し訳ないことをした。私もそんなつもりではなかったんだ」

嘘つき、と喉元まで非難の言葉が出かかったが渾身《こんしん》の理性で押《お》し留《とど》める。カリアスを糾弾したところで、何も解決しないのはティアも分かっているのだ。

ただ他にモヤモヤをぶつける相手がいないので、全部受け止めてくれる彼に投げつけたくなる。要は甘えているのだと、自分でも薄々気づいていた。

――これまで高齢のばあやに心配かけたくなかったし、私がしっかりしなくちゃと気を張っていたから……寄り掛かれる相手がいるとホッとするのは、否定できない……

「そんな悲しい顔をしないでくれ。文句は私にいくら言ってくれても構わないから」

ソファーの隣に腰掛けた彼が甘く囁く。悔しいけれど、声がいい。低く滑らかで、鼓膜を擽《くすぐ》られている気分になる。

この声音を注がれると、ティアの反発心はいつも脆《もろ》くなり維持するのが難しかった。

時刻は夜更け。この時間、侍女もばあやも下がっている。

ティアとカリアスが二人きりで過ごす夜だ。彼はよほど多忙でない限り、一日一回は必ず顔を合わせるよう取り計らってくる。

目の下に隈《くま》を作っていても、食事をろくに取れなくても。ティアとの時間を優先してくれた。

そのことに何も思わないわけではない。少しは……いや、かなり心動かされていた。

――大事にされているのは気づいている。流石に私もそこまで鈍感ではない。真剣に、私を尊重してくださっているのよね。それでいて未だ私たちは清い関係のまま……

周囲の認識とは裏腹に、ティアとカリアスはまだ一度も肌を重ねていなかった。

時折怪しい雰囲気になることはあるけれど、そこから先には決して進まない。彼は本気でティアに無理強いする気がなく、こちらの気持ちが解《ほぐ》れるのを待つつもりらしい。

辛抱強く、かつ包み込むように。

――先王様とは違う……まぁ、逃げ道は完全に塞がれているんだけど。

さながら大切に愛でられる籠の鳥。それも息苦しさを感じさせない手腕が厄介だった。段々ティアはこの生活を『そう悪いものではないかも』と思い始めているのだ。

使いきれない量の宝飾品や、最新のドレス、砂糖を贅沢に使った甘いもの。実のところそれらにはあまり興味を引かれない。

けれど薬草に関する珍しい本を手に入れられることや、ばあや以外との楽しい会話は別だった。

更に今では週に一回、薬草の研究者が講師として教えに来てくれるのだ。これには心底感激した。最新の生きた情報に触れられるのは、ティアにとって最高の喜びだ。これまで知らなかった知識を浴びて、涙ぐみそうになったのは仕方ない。

薬草園に関しても、カリアスは人を手配しちゃんと管理してくれているそうだ。時々収穫物を持ってきてくれるので、生育状況に問題ないことは明らかだった。

今は無理でも、近いうちに薬草園へ行かれるようにしてくれると言われたので、楽しみでならない。

それにばあやの仕事は適度に調整され、今は手持無沙汰でいることはなく生き生きしている。この点もいい塩梅《あんばい》だ。

かつて水晶宮で暮らしていた頃からは考えられない毎日。端的に言って充実している。毎日楽しい。カリアスとの会話も民のことや政治のことが織り交ぜられ、ためになることばかり。

世間知らずのティアに分かりやすく解説してくれる彼は、相当頭がいいのだろう。そして忍耐力があり寛容なのだと思った。

「……カリアス様は私が無知な質問をしても嗤《わら》いませんね」

「君だって私が薬草に関して何も知らないのを馬鹿にしないじゃないか。いつも丁寧に教えてくれる。それにとても楽しそうに語るティアを見るのが、私は好きなんだ」

にこやかに返されて、ティアの心臓が大きく跳ねた。

──ドキドキして、甘苦しい……

見知らぬ感覚に振り回される。日々、その連続だ。

最近は彼がやって来ることに不満なふりをしつつも、心待ちにしているのが真実だった。

「──そうだ。明日は早朝に時間を作れた。一緒に薬草園へ行かないか。ずっと室内に押し込めていて、すまない」

「え……っ、外出できるのですか？」

「ああ。私が同行するのが条件だが」

「ありがとうございます！」

喜びのあまり、ティアは笑顔になった。テラスで外の空気を吸い日の光を浴びることはできるけれど、自らの脚で土を踏みしめるのはいつ以来か。

金剛宮に移ってから初めての『予定』に今から興奮してしまった。

「やはりティアは、薬草に接する時が一番の笑顔を見せてくれるな。いくら貴重で高価なものをプレゼントしても、反応はイマイチなのに」

「えっ、ぁ、ありがたく思っていますよ？　ただ私には上手く使いこなせないだけで……」

着飾っても行く場所がないし、さほど動かないので腹が空《す》かない。慎《つつ》ましい生活を好むこともあり、煌びやかなものへの関心が薄いのだ。むしろ気後れが上回る。おそらく、贅沢が性に合わないのだと思う。

「ああ、責めているんじゃない。そういうところも可愛いと感じているんだ」

「かわ……っ、カリアス様は恥ずかしいことを堂々とおっしゃいますね……っ」

「だって口にしないと伝わらないじゃないか。私をもっとティアに知ってもらい、同じ時間を共有すれば、自《おの》ずと君の気持ちが傾くかもしれない。……これでも頑張っているんだ。私は父と違いこういうことに不慣れだ。本当は気恥ずかしい。それでもティアを振り向かせたいから努力している」

飾り気のない言葉に胸がときめいた。

如何《いか》にも男女の機微に詳しそうなカリアスは、意外にもティアと同じ奥手らしい。目尻が赤く染まっているのが、彼の言っていることを真実であると告げてきた。

――心音も速まっている……

すぐ隣に腰掛け手を重ねているから、胸の高鳴りが伝わってくる。言葉以上に通じ合うものがあり、緊張した。だがそれすら心地いいのだ。

「ティアと薬草を摘んだのは、楽しかったな。考えてみたら、あれが初めての共同作業だ」

「言われてみたらそうですね。何だかカリアス様に相応しくないですが」

あの夜は彼がどこの誰か知らなかったため、ティアは大国の王に農作業をさせる暴挙を働いてしまった。

改めて思い返すと、血の気が引く。一歩間違えれば首が飛んだ可能性もあった。

「私はとても楽しかった。アレイサン国のために全て捧げてがむしゃらにやって来たし、そういう生き方しか知らなかったが……もしかしたら本当はああいうことが自分には向いているのかもしれないと感じたよ。剣を手に戦場を駆け回ったり、不作に苦しむ民を救うために頭を悩ませたり、貴族たちを牽制するよりもね」

「……やりたいことが向いているとは限りませんものね。それに望む才能を持っているかどうかも……」

ティアの目から見れば、カリアスは確実に王としての資質がある。

彼は思慮深く行動力があり、大国を背負えるだけの器だ。先を読む力も持っている。人々が期待するのは当然だし、それに応えられるだけの能力も有していた。

これからもっとアレイサン国は発展してゆくと思う。武力で周辺国を制圧するのではなく、対話と政治力によって。カリアスならばそれが可能だと、ティアはごく自然に信じられた。

――でも……彼が求める生き方は違うのかもしれない。周囲の期待に応えられる力があるからこそ弱音は吐けなくて、きっと疲れることもあっただろうな……

初めて出会った夜、疲労感を滲ませていた彼を思い出す。ティアの元にやって来るようになり、どうやら夜はきちんと眠れるようになったらしい。

──この方の役に立てるのは、嬉しい。ほんのひと時でもカリアス様がホッとできる居場所を作れたら……

胸に灯《とも》る感情の名前は、まだ判然としない。けれど二人で過ごす時間は心地いい。

いつしかティアは、少しずつ傾いてゆく想《おも》いを留めようとは、考えなくなっていた。

第三章　本物の初夜

念願の薬草園で充実したひと時を過ごし、ティアは金剛宮に帰るなり採取した植物を分類し始めた。

乾燥させるもの、磨《す》り潰《つぶ》すもの、加熱するもの。処理ごとに細かく分けてゆく。その前に詳しく観察し、絵に起こしたいものもあり大忙しだ。

カリアスが新調してくれた道具はどれも使い勝手がよく、ティアの手に馴染む。以前はあるもので代用するのが当たり前だったため、新品の器具を早く使ってみたい好奇心もあった。

「夜摘んだものよりも朝積みの方が葉に元気がある気がするわ。気のせいかもしれないけど」

草の露で指先が緑色に染まっても楽しい。しばらく薬草を弄《いじ》れなかった分、ティアは夢中で作業に没頭した。時間の経過を忘れ、空腹も感じない。何度か誰かに声をかけられた気がするものの、全て上の空で返事をした。

——ようやく材料が揃ったし、以前本で読んだ調合を試してみたいわ。チェッタ国とアレイサン国では土壌の違いで、効果に差が出ることもあり得るのかな……？　こちらの国の方が肥沃で日照時間が長いから、理論的には成分が濃くなるはずなのだけど……同種の見た目は同じなのよね。

考えるだけでワクワクして、心が急いた。ティアの仮説が正しければ、チェッタ国では『民間療法』『気休め』程度の効果しか期待されていなかった薬も、大きな成果をもたらしそうだ。

——全く同じ薬草は入手できないから、似た植物を混ぜて——

「ティア様！　せめて休憩を取ってくださいませ！」

突然ばあやに肩を叩かれ、ティアはハッと我に返った。驚いて彼女を見れば、心配そうに眉根を寄せている。少々立腹気味でもあった。

「もう何時間も食事は愚か水も飲まず立ちっぱなしで……いい加減座ってくださいませ。お身体に悪いです」

「え？　そんなに時間が経っていた？」

「ええ。既に夜でございます。一所懸命になられるのは微笑ましいですが、限度がありますよ。カリアス様と薬草園から戻られたと思ったら、陛下の見送りもせずお部屋に閉じ籠りきりになり、今の今までろくに返事もなさらないで！」

ティアにはそんな自覚がなかったので、ばあやの剣幕《けんまく》に驚いてしまった。

しかも彼女の言う通りならば、自分はカリアスをほぼ放置してウキウキで作業を始めてしまったことになる。流石にそれは不味い。

「え……私、カリアス様にそんな無礼を……？」

「全くもう、ばあやは呆《あき》れてものも言えません！　お優しいカリアス様は気にするなとおっしゃっておいでですが、ばあやは許しませんよ！」

呆れてものが言えないと憤慨する割には、ばあやの文句が止まらないと思ったが、ティアが言い返せば火に油を注ぐのは明らかである。

彼女の怒りをこれ以上誘わないよう、ティアはしおらしく項垂《うなだ》れた。

「ご、ごめんなさい、ばあや……」

「謝るのは、私に対してではありません。カリアス様に誠心誠意謝罪なさってくださいませ！」

正論過ぎて、ぐうの音も出ない。ティアはひとまず手を止め、反省の意を示した。

「わ、分かったわ。そうする。せっかく薬草園に連れていってくださったのにカリアス様を蔑ろにしたのは、どう考えても私が悪かったわ」

「お分かりになったのなら、結構です。ですが今後はいけませんよ。殿方の寵愛は些細《ささい》なことで途切れてしまうことがありますからね」

人生経験の長いばあやの言葉は重みがある。ティアは複雑な気持ちで頷いた。

――寵愛……正確にはされていないし、私はそもそもそれを望んでいるのかしら……？　でも、カリアス様が今のように私に構ってくださらなくなったら、寂しいな……

「――ばあや、そのくらいでティアを許してやってくれ」

「ま、カリアス様、おいででしたか……！」

物思いに沈んでいたティアは、突然部屋にやって来たカリアスの声に顔を上げた。

彼は政務を終えたばかりなのか、それとも途中なのか、国王らしい品位を保った格好をしている。朝、ティアと薬草を摘みに出た時とは別の装いだった。

――わざわざ着替えられたのね。それはそうか……豪華な服を土で汚すわけにはいかないし、簡素な姿で皆の前に出るのも憚《はばか》られるもの。――つまり多忙な中、薬草園での作業だけでなく、着替えや準備の時間を私のために設けてくださったのだわ……

彼がティアには想像もつかないほど忙しいのを、頭では分かっている。その合間を縫って会いに来てくれ、あれこれしてくれているのだ。

それを改めて強く実感し、ティアは胸がときめくのを感じた。

「食事を一緒にとれなかったから、顔を見に来たのだが……もしやティアは夕食を食べていないのか？」

「あ……そうみたいです」

言われて初めて空腹感に気づいた。現金にも急に腹がグゥと鳴る。恥ずかしくて思わずばあやの顔を見れば、彼女は何とも言えない表情をしていた。

「大変申し訳ございません。ティア様は集中力がおありになる分、一つのことに没頭してしまう傾向があり……」

「はは、ばあやを責めているのではない。では今から軽食の用意をさせよう。その間に手を洗った方がよさそうだ。湯を準備してくれるか？」

「は、はい、今すぐ！」

ばあやが足早に部屋を出てゆき、ティアとカリアスが残された。

薬草の青臭さが充満する室内で、微妙な沈黙が訪れる。ティアは気恥ずかしさと申し訳なさで、自らの汚れた手を擦り合わせた。

「あの……朝は、すみませんでした」

「朝？　何かあったか？」

「その、私ったら目の前の薬草に夢中で、カリアス様を放《ほ》ったらかしに……」

「ああ。何だ。そんなことまるで気にしていない。前にも言っただろう？　私は君が楽しそうにしている姿を見るのが、心から好きなんだ。生き生きとしているティアはこの上なく魅力的だ。喜んでくれたなら、充分こちらも満たされる」

――カリアス様は何て心が広いの……私だったら、存在を忘れられたみたいでムッとしてしまいそうなのに……

自分との器の差を見せられたようで、ティアは一層猛省した。

「そんなことより、手を見せて。草の汁で荒れたら大変だ。怪我《けが》はしていないか？　鋭い葉や棘のあるものも多いからな」

「平気です。今回は肌がかぶれる種類の薬草を触っておりませんから」

「そんなものもあるのか。心配だ」

彼がティアの手を握り、丹念に確認してゆく。カリアスの指先で肌を撫でられると、不可思議な熱がティアの体内を疼《うず》かせた。

――ドキドキが止まない……どうしよう。カリアス様は純粋に私を案じてくださっているだけなのに、私ばかり変なことを考えてしまう。

掌を摩《す》られるのも、爪をなぞられるのも、指の間を辿《たど》られるのも擽ったくて気持ちいい。ゾクゾクとして落ち着かなくなる。気を緩めると淫らな吐息が漏れそうで、ティアは慌てて唇を引き結んだ。

「……っん」

か細い声が彼に聞こえていなければいい。期待しているとは、知られたくなかった。

――期待……？　え、私ったら何を……？

そうこうしている間に、ばあやが湯を用意してくれた。盥《たらい》を受け取ったカリアスは、石鹸《せっけん》などを準備するばあやに手をかざし、微笑む。

「ありがとう。後は私がやるから、皆下がっていい。軽食ができたら、持ってきてくれ」

「さようでございますか。では失礼させていただきます」

にこやかに頭を下げつつ、ばあやの瞳はティアへ『くれぐれもカリアス様に粗相を働かないように！』と釘《くぎ》を刺していた。目が本気だ。やや怖い。

――わ、分かっているわ。ばあや。きちんと謝ったもの。

「おいで、ティア」

「は、はい……」

厳しいばあやの視線から逃れたくて、ティアはカリアスの呼びかけに素早く動いた。

上着を脱いだ彼が袖を捲《めく》っている。それを見て、ティアは瞬いた。

「手は自分で洗えますよ？」

「私が手伝いたいんだ。ティアに堂々と触れられるからな」

甘い台詞にクラクラし、羞恥心が込み上げ、視線が泳ぐ。それでもティアの身体は従順にカリアスへ近づいて行った。

「爪の間が緑色に染まっている」

「あ、その棚にブラシがあります」

「これか？　……少し毛が硬いな。もっと柔らかく上質なものを取り寄せよう。ティアの指先が傷ついたら困る」

「そんなに柔ではありません。それにガシガシ洗える方が、汚れが落ちた実感を得られるのです」

ご心配なさらずという意味でティアは元気よく返したが、彼は微妙な顔をした。

「……よいものを贈れば喜ばれると助言を受けたが、ティアは例外のようだ。難しいな」

「い、今あるもので事足りているのであれば、浪費はしなくて構わないと申し上げたかったのです。お気持ちは嬉しいです。ありがとうございます」

意識せず、カリアスの心遣いを無駄にするところだった。これではまたばあやに叱られてしまう。ティアは笑ってごまかし、湯の中に手を突っ込んだ。

「温度は大丈夫か？」

「はい。丁度いいです」

「よかった。では手を」

石鹸を泡立てた彼が、こちらへにこやかに両手を差し出す。本気でティアの手を洗ってくれるつもりらしい。

気恥ずかしいし、申し訳ない。だが、嫌だとは感じなかった。

「……よろしく、お願いします」

「ああ。任せてくれ」

濡《ぬ》れた手を大きな掌で包まれて、先ほどよりも胸がときめく。

たっぷりとした泡越しに肌を擦られ、通常とは違う感触にも不思議な感覚が生じた。

掻痒《そうよう》感ともどかしさ。それから一欠片の悦楽。どれもティアが味わうのは初めてで、どこを見ていればいいのか戸惑ってしまった。

「沁《し》みるところはないか？」

「切っていないので、平気です。……ふ……っ」

ブラシで爪の間を丹念に擦られ、その後親指の付け根を強めに押された。痛みと気持ちの良さが絶妙に拮抗《きっこう》し、ティアの背筋が戦慄く。掠《かす》れた音が唇から漏れ、慌てて下を向いた。

「ここを揉《も》まれると心地がいい。よく手を使う者なら、尚更だ」

「で、でしたらカリアス様こそ……私がやりますよ」

「いや。今は私が君に奉仕したい」

汚れが洗い流され、ティアの手はすっかり綺麗になった。湯から上げられると、ほんのり朱に染まっている。

金剛宮に移動してから手入れを欠かさないおかげで、以前よりも肌は白く滑らかになり、指先も柔らかくなっている。そこへ、何を思ったのかカリアスが唇を寄せ、触れるか触れないかの口づけを落としてきた。

「あ……っ」

「保湿のためのオイルはこの棚から選べばいいか？」

「は、はい……」

頭の中は保湿どころではない。心臓が大暴れし、今にも口から飛び出しそうだ。息切れまでして、全身が火照《ほて》りかねなかった。

同じベッドで並んで眠ったことは何度もあるが、こういうやり取りはいつまで経っても慣れない。常にティアはドギマギしてしまう。

それこそカリアスの視線一つにだって、過剰に反応するのだ。

——とても平然となんてしていられない……っ
惑わされる。いとも容易《たやす》く動揺し、慌てふためかずにはいられない。こんな時、駆け引きに長《た》けた女であれば、どう行動するのか。

過去、後宮で目にした上昇志向の強い女性らを思い出そうとしたものの、ティアの頭は色香滲む彼の微笑みで埋め尽くされてしまった。

——駄目……何も考えられない……

絡んだ視線が熱を帯びる。熱くて、火花が飛びそう。それでも逸《そ》らせなくて、より濃密に絡み合った。

「……口づけてもいいか？」

考えてみれば、額や手にキスされたことはあっても、唇が重なったことはない。

それはティアとカリアスの関係から言えば不自然だった。彼にはこちらの許可を得る必要は皆無なのだ。求められれば自分は全て捧げるのが当たり前。

しかし無理強いされたことは一度もなく、カリアスは常にティアの気持ちを慮《おもんぱか》ってくれていた。足並みを揃え、急かすことなく。

その上で今、もう一歩踏み込むと彼は決めたのだ。おそらく、ティアが張り巡らせていた壁が崩れかけているのを、敏感に察して。

「ぁ、の……」

瞬きもままならず見つめ合う。それは、了承と同義だった。ティアの潤んだ双眸は隠しようもない。濡れた瞳を揺らせば、ゆっくりとカリアスの顔が近づいてきた。

「……っ、んん……」

後宮で五年以上暮らしながら、ティアはキスすら初めてだ。

経験したことがないから、身体の一部が接触するだけだと高を括《くく》っていたけれど、それは甘い認識だったと思い知った。

――魂まで食らわれそう……

薄い皮膚から熱を交換する。吐息が降りかかり、微かな風を感じ取れた。戦慄いた唇の狭間《はざま》から肉厚の舌が忍び込んでくる。自分のものではないそれに、得も言われぬ愉悦が走った。

他者の一部がティアの口内を蹂躙してゆく。普段なら、気持ちが悪いと嫌悪したかもしれない。だがカリアスの舌だと思うと興奮だけが募るから不思議だった。

鼓動が暴れて心臓は壊れそう。四肢が痺《しび》れ、末端まで震えが伝わる。全身は溶けかねないくらい発熱していた。

呼吸する間が分からず苦しいのに、粘膜を擦り合わせる快楽に陶然とする。思考力は鈍麻して、ティアは喜悦の波に揺蕩《たゆた》った。

何も考えられない。考えたくない。彼を感じ取ること以外、全てが無駄に思えてくる。あらゆる感覚を駆使し、カリアスの香り、味、感触をティアは自身に刻み付けた。

特に官能的な掠れた声が鼓膜を揺らすと、恍惚感《こうこつかん》が増す。もっと彼のこぼす音が聞きたくて、耳を澄ませずにはいられなかった。

「ティア……っ」

キスの合間、唇を解いた僅かな隙間で名前を囁かれ、自分からもカリアスの名前を呼ぼうと思った。けれど口にする前に再び濃厚な接吻《せっぷん》で塞がれる。先刻よりも深く荒々しく舌を搦め捕られ、とても言葉を紡ぐことはできなかった。

「……は、ふ……っ」

混ざった唾液はどちらのものか分からない。嚥下《えんげ》すれば、ティアの喉がカッと燃えた。

少しも嫌だと思わないのは、相手が彼だからに決まっている。もしもこれが先王だったら、自分は今のように喜びに打ち震えることはなかっただろう。恐怖と悍《おぞ》ましさに身を竦ませていたに違いない。

簡単に想像できる『仮定の話』に、ティアは一つの答えを見つけた気がした。

――ああ……私……この方が好きなんだ……

薄々分かってはいた。それでも認めきれなかったのは、未だチェッタ国への郷愁が整理しきれていなかったから。

母国へ帰れる可能性をごく僅かでも残しておきたかった。そのためには、カリアスと一線を越えることはできない。

だが今夜、熱烈に求められている実感を得て、歓喜のみが全身を支配していた。

このまま身を委ねてしまいたい。おずおずと自ら両手を彼の背に回し、ぎこちなく抱きしめ返さずにはいられなかった。

「ティア……っ」

カリアスの滲《にじ》み出る歓喜がティアの心も刺激した。喜びは感染するものらしい。

大事な人が嬉しそうだと、こちらも満たされる。もっと幸せにしてあげたくなり、己にできることなら何でもしたくなった。

「ん、ぁ……っ」

耳を指先で弄られ、後頭部を撫でられ、頬に手が添えられる。

しなる腰は力強く引き寄せられて、今や二人の身体は密着していた。隙間はなく、息をする度に互いの体温が上がってゆくのも感じられる。

けれど、まだ足りない。もっと鮮烈に相手の全てを実感したくて、身に着けている服が邪魔だとすら思った。そんな己の思考に驚いて、ティアは彼のシャツの裾を掴む。

すっかり乱れた息の下で、束の間の深呼吸を繰り返した。

「……軽食なんて頼まなきゃよかったかな」

「んんッ」

ティアの鎖骨付近に顔を埋めたカリアスが淫蕩《いんとう》に笑う。湿った呼気が肌を炙り、ひどく艶《なま》めかしい。思わず彼の頭をティアが抱えると、カリアスはそのままこちらの胸へ頬を寄せてきた。

「……ぁっ」

「だが君が空腹のままでは可哀相だ。——続きは腹ごしらえをしてからにしよう」

続きが何を意味するか、分からないほど無知ではない。

予告されたことで、弥《いや》が上《うえ》にも緊張感が高まった。しかしそれを凌駕《りょうが》する期待で心音が荒ぶる。真っ赤になってティアが頷けば、彼が額と頬にキスをしてくれた。

「湯を浴びて、着替えてくる。君も準備をして、起きて待っていてほしい」

返事をするには羞恥心が勝り、ティアは微かに頷いた。頭頂部に口づけが落とされ、カリアスが退出してゆくまで顔を上げる勇気はない。

結局ばあやが軽食を持って戻ってくるまで、一人身悶《みもだ》えていた。


食事と入浴を済ませ、もう寝るだけ。

ベッドに腰掛けたティアは、何度も深呼吸で自分を落ち着かせようと試みた。だが一向に効果はない。気持ちが解れる茶まで飲んだのに、胸の高鳴りは大きくなる一方だった。

――私、ちゃんとできる？　カリアス様にガッカリされたりしない？　だって顔も身体もこれと言って秀でたところはないのよ。とても男性を惹きつけられるとは思えない。特にカリアス様のように素敵な方を……

おそらく彼は国王という地位がなくても、女性に不自由したことはないはずだ。カリアス自身が魅力に溢れ、人を魅了してやまないのだから。

――外見の良《よ》し悪《あ》しに興味がない私でさえ、しばしば見惚れてしまう。その上、人間的に素晴らしい方……でもカリアス様は私だけを選んでくださった……

それだけにとどまらず、辛抱強くティアの気持ちが育つのを待ってくれた。心が重なるよう手を尽くし、精一杯真心を伝えてくれたのは、痛いほど分かっている。

彼は先王とは違う。軽々しくティアを扱い、裏切る真似をするわけがない。

だとしたら、身の程知らずにも願っていいのだろうか。この先、彼を支えていきたいと望んでもいいのか。長年抱えていた『夢』を諦めて。

迷いの全てがなくなったと言えば、嘘だ。けれど不確定な未来を恐れながらも、ティアの中でカリアスを恋い慕う気持ちが上回った。

――チェッタ国へ戻れなくなってもいい。

もしもばあやが帰りたいと望むなら、きっと今のティアならば笑顔で送り出せる。

少しは泣いてしまうだろうが、もう独りぼっちではない。カリアスが傍にいてくれる。それなら新たな『夢』や『目標』のために頑張りたいと心から思えた。

――アレイサン国でも薬草の研究は続けられる。人々の役に立つことだって、私次第でできるはずよ。

これまでのように隠れてやり過ごすのではなく、自発的に行動してみよう。

どんな場所でも逞しく生き残ってみせると、ティアは決意を新たにした。そんな刹那、寝室のドアが軽やかにノックされる。

「は、はいっ」

裏返った声が、うす暗い室内に響いた。

ランプは光量を絞ってもらっている。それでも扉を開いて入ってきたカリアスは、あまりにも眩しい。いつも以上に輝いて感じられ、ティアは咄嗟に目を細めた。

「起きていてくれて、安心した。ひょっとしたら、眠ってしまったかもしれないと思っていた」

「や、約束したではありませんか……」

「そうだったな」

苦笑した彼が長い脚で近づいてくる。そのほんの数歩を待つ時間は、途轍《とてつ》もなく長く感じられた。

――心臓が爆散しそう……

やがてティアの隣にカリアスが腰かけ、肩が触れた。

互いに夜着一枚なので、服を着たまま抱き合った時とはまるで違う感触が伝わってくる。

生々しい熱と薄布越しの接触。呼吸の度に空気すら滾《たぎ》ってゆく錯覚があった。

「……今なら、拒まれても受け入れられる」

「え？」

「ティアがまだ無理だと言うなら、いつものように手を握るだけで休もうか」

この期に及んでもティアの気持ちを優先する彼の優しさが、心に刺さった。

ひたすら大切な宝物として扱われ、カリアスがティアを愛してくれているのを感じる。そこに疑う余地は微塵もなかった。

――ああ……この人が私を傷つけるはずがない。

信じたい。心の底から。

ティアはカリアスをじっと見つめ、勇気を掻き集めて彼の手を握った。

「こ、これで終わりなのは、寂しいです」

誘惑は拙《つたな》い。さりとてこれがティアの精一杯。全力を振り絞った結果だ。

敏《さと》いカリアスには、それで充分伝わったのがありがたかった。

「ティア……っ」

「ん……っ」

強く抱きしめられて、少し苦しい。本日二回目の口づけを阻むものは何もなく、そのままティアは仰向《あおむ》けに押し倒され、二人の身体が折り重なった。

「は、ぅ……」

見上げた視界には彼のみが映っている。ほんのりと朱を帯びた頬や、潤んだ瞳。雄の気配を滲ませた表情も全部鮮明に見て取れた。

カリアスが唾液で濡れた口元を手で拭い、ティアを見下ろしてくる仕草が至極いやらしく感じられ、眩暈がする。

ベッドに背中を預けていなければ、とても姿勢を維持できず腰砕けになったかもしれない。

上手く息を継げずにティアが口を開けば、淫らなキスを誘発しただけだった。

「んぅう……っ」

汗ばむ肌を大きな手がなぞってゆく。顎から首を伝い下り、そのまま胸の狭間まで。

簡単に脱げる仕様の夜着は、あっという間に取り払われた。残るは下着のみ。ティアの身体を隠すには、心許《こころもと》ない。しかも上半身を守ってくれるのは何もないのだ。

反射的に自らの両腕を胸の前で交差したが、そんなものは防壁になり得なかった。

「何度ティアの素肌を夢想したか、数えきれないな」

「わ、私の？　どうしてですか？」

「当然じゃないか。愛する人の肌を目にしたい、触れてみたいと思うのは、自然な欲求だ。今夜ようやく、邪魔な夜着を取り払えた」

感慨深い口調でふしだらな発言をされ、ティアの下腹が疼く。淫蕩な眼差しを向けられると、どんな顔をすればいいのか分からず、困ってしまう。だが言葉だけでなく目と態度でティアを欲されていることは、初心者にも重々伝わってきた。

「わ、私の貧相な身体なんて、見ても楽しくないと思います……」

「君はとても細いから、もっと食べて健康的に肉をつけてもいいとは思うが、貧相では絶対にない。庇護欲をそそられる華奢《きゃしゃ》さはあるし、魅力的だと思う」

言い方を変えられるだけで、ティアは自信の持てなかった己の身体つきが、そう悪いものではない気がしてきた。

単純である。しかし、きっとカリアスの言葉だからなのだろう。

心惹かれる相手が褒めてくれたから、肯定的に受け入れられた。それに壊れ物の如くティアの手を取った彼が、さも愛《いと》しげに指先へ口づけを繰り返してくれたのも大きい。

「……働き者の手だ。誰かを救おうとしている尊敬すべき手だな」

——以前、私がカリアス様に抱いた印象と同じ……

今でこそティアの手荒れは改善されつつあるものの、長年の辛い生活や薬草園の作業の影響で、爪は短く切りそろえられているし、一般的な令嬢たちより指は太いと思う。

手だけを見れば、王族の姫とは到底思えない。ティアとしてはその点を恥じるつもりは毛頭ないが、輝くばかりの美しさを誇る彼と対比されると、やや気後れはあった。

――でも、この方はそういう私も認めてくださるのね……

後宮に放り込まれてから、女の価値は『美しさ』『肉感』『若さ』と外見的要素ばかりだった。あとは従順さなどで、ティアの内面など無意味であると切り捨てられてきたのだ。

そのせいか、いつしか自分でも『私には価値がない』と思い込んでいたような気がする。

殊更チェッタ国へ戻りたかったのも、その辺りに原因があったのではないか。

ティアがティアであることのみで愛してくれる家族がいる場所へ、逃げ帰りたかった。

ことある毎《ごと》に自分を馬鹿にするアレイサン国の人たちをこちらも拒絶し、『いつか必ず母国に帰るから、関係ない』と誓うことで、どうにか心の平穏を保っていたのでは。

――やっと腑《ふ》に落ちた……

十三歳で異国へやられ、心細く孤独にならないはずはない。ずっとばあやが傍にいてくれても、埋められない虚《うつ》ろが常にティアの胸の奥に巣くっていた。

そのぽっかり空いた穴をカリアスが塞いでくれた。惜しみない愛情と包容力で、凍えていた心を溶かしてくれたのだと思う。急かさず時間をかけ、ティアに好意を伝え続けることで。

――カリアス様の隣でなら、私は安心して強くなれるかもしれない。後ろ向きな幸福を追い求めるのではなく、前に進むために。そしていつか、並んで立てるようになれたらいい。

キスされる度に指先が熱を孕《はら》み、手首まで食まれ、こそばゆい。

やがて肘の内側まで彼の唇に慰撫《いぶ》され、ティアは火照る身体を持て余した。

「ん……っ」

もう、胸を両腕で隠していられない。ティアの手はやんわりと頭上に張り付けられた。

両膝を擦り合わせれば、熱い掌でそっと押し開かれる。辛うじて下半身を守ってくれていた布が引き下ろされ、太腿《ふともも》を滑ってゆく。肌を摩擦してゆく下着はとてもゆっくり剥ぎ取られ、一層ティアの胸を騒めかせた。

一糸纏わぬ姿を晒し、喉が震える。いや、喉だけではなく全身も心も戦慄いていた。

じっとなんてしていられるわけがない。呼吸の度に媚《び》薬《やく》効果のある空気を吸っているのかと訝《いぶか》るほど、どんどん興奮が募っていった。

今やティアの全部が燃えてしまいそう。外も内も限界まで昂《たかぶ》っている。

彼が夜着を脱ぎ捨てる際、こちらの身体を挟んで膝立ちになった。その時カリアスの両膝がティアの腰付近を摩擦し、思わず大仰に身を強張らせる。

過剰な反応に苦笑した彼が上体を倒して、優しくこめかみに口づけてくれた。

「……ティアが嫌がることは絶対にしない。これまで我慢できたんだ。どうか信じてくれ」

「……っぅ」

信頼は勿論している。けれど、問題はそこではなく、カリアスがあまりにも見事な裸体を惜しげもなく見せつけてきたことだった。

——しっかり目撃してしまった……っ！　閨で女性は男性の身体をじっくり見てはいけないと教わってきたのに……

はしたないことや、相手に面倒をかける行為は禁止だと、しつこく言い聞かされてきた。後宮で愛されるためには、王を煩《わずら》わせてはならない。快楽のみを提供する役割に徹せと、うんざりするくらい繰り返された。

それを初《しょ》っ端《ぱな》から破った形になり、ティアは少なからず慌てた。

——そ、そうだわ。確か王様が服を脱ぐのを甲斐甲斐《かいがい》しくお手伝いしなくてはいけなかったんじゃ……——って、もうカリアス様は全裸でいらっしゃる。手遅れじゃないの！

五年以上前に聞いた『初夜の手ほどき』を懸命に思い出し、ティアは自分が既に躓《つまず》いている事実へぶち当たった。大失敗である。どうにかして挽回《ばんかい》しなくては。

ある意味生真面目なティアは、一度教えられたことに素直である。故に『初夜とはこうあるべき』手引きを疑いもしなかった。

「ぁああ……もう一度、夜着を羽織っていただけませんか？」

「えっ、何故だ」

「だって私がお脱がせしないと駄目なんですよね？」

「何の話かさっぱり分からないが……そういう決まりはないと思う。それにもう焦らされるのはキツイ。今まで私がどれだけ我慢してきたと思っている」

眉間に皺を寄せた彼が、余裕のない表情で髪を掻《か》き上げた。

そんな仕草からもティアを乞う心情が滲んでいる。青い瞳の奥に温度の高い焔《ほのお》が揺れているようで、心臓が激しく高鳴った。

「あの、でも……」

「気になるなら、次回にしよう。だから今夜はやり直しなんてさせないでくれ。ティアを早く味わいたい」

飾り気のない言葉で求められ、酩酊する。

逞しい凹凸《おうとつ》を描くカリアスの胸から腹にかけての稜線《りょうせん》が、ティアの双眸を鮮烈に射《い》った。

「美味しくなかったら、すみません……」

「極上の美味に決まっている。耐え忍んで手に入れたものほど宝物に等しい。それに私はそうまで堪えて欲したものなんて、これまで一つもない。ティアだけが私の価値観を狂わせる」

どんな犠牲を払っても、手に入れたいと耳元で囁かれ、手足の末端まで痺れが走った。

「わ、私も……」

色々な感情がせめぎ合って上手く言葉が出てこないが、同じ気持ちだ。

頼るべきは『愛している』という心一つ。生き方を変え、不確定で脆いそれを、大切に育てようと己自身に誓った。

「嬉しいな。もっと言ってほしい」

「カリアス様を、お慕いしています……」

「ああ……やっと口にしてくれた」

詰めた息を吐き出して、彼が柔らかに目を細める。蕩《とろ》けそうな優しい笑顔に、ティアもつられて微笑んだ。

「だがたぶん、私の方がより愛している」

互いの鼻を擦りつけられ、擽ったい。至近距離で見つめ合えば、視界が滲む。けれど目を逸らしたいとは微塵も思えなかった。むしろ瞬きも惜しい。

──誰かを特別に愛しく思うって、こんなにも世界を変えてしまうの……

目に映るもの全部が輝いている。明日への希望で心が華やぐ。幸せが体内に充満し、あらゆるものが愛しい。嫌いだったはずのこの国での生活が、一変していた。

「大事にする」

「ぁ……んッ」

乳房を揉まれ、頂がジンジンと疼いた。赤く色づいた先端を舐《な》められると、見知らぬ官能が下腹に溜《た》まる。唾液塗《まみ》れになる己の胸を見ていると余計に愉悦が高まって、ティアは漏れ出る声を必死に飲み込んだ。

だがそれも束の間の抵抗。すぐに喉奥が痙攣《けいれん》し、勝手に嬌声《きょうせい》がこぼれてしまう。我慢しようとするほど、すすり泣きに似た音が溢れた。

「や……っ、ん、ふ……っ」

豊満ではない乳房が捏《こ》ねられ、男の掌で形を変えられる。カリアスの大きな手からしたら、さぞや肉が薄くてつまらないのではないか。そんな心配が擡《もた》げたが、彼はティアの不安を吹き飛ばすようにこちらの肢体を愛でてくれた。

「あ……ッ」

辿られた皮膚がチリチリ焦げる。

唾液で濡れた箇所は一際敏感になるのか、空気の流れを拾って粟立った。

硬く主張する乳首を擦られ摘まれれば、涙と一緒に汗も伝い落ちる。身を捩《よじ》った刹那脇腹を撫でられ、掻痒感で腰が浮いた。

「やぁ……っ」

どこもかしこも気持ちがいい。悶《もだ》える度にカリアスの太腿にティアの腰が挟み込まれ、それもまた不可思議な喜悦をもたらした。

「……可愛い」

涙でたわむ視界に、彼がいる。次々与えられる性感に怯《おび》えティアが手を握りしめれば、宥《なだ》めるキスが贈られた。

数えきれない回数口づけた唇は、少しだけヒリヒリと痛む。にも拘らず、舌を搦める心地よさには抗えなかった。淫蕩な水音を奏でながら、夢中で粘膜を擦りつけ合う。物慣れず呼吸の暇は未だ掴めないが、息苦しさすら喜びだった。

「……ん、ぁ、あ……っ」

「……足を開いて」

言われるがまま踵を左右に滑らせる。心臓が口から飛び出しかねないくらい暴れていて、爪先が攣《つ》りそうになった。

ティアの脛に置かれたカリアスの手がゆっくり、けれど着実に上昇してくる。どこへ向かっているかなんて、考えるまでもない。足の付け根は既に、卑猥《ひわい》な潤みを湛《たた》えていた。

「……ぁ、あッ」

内腿《うちもも》を探られただけで戸惑い、ティアの素肌が過敏になる。

圧をかける彼の指が柔肉に食い込んで、体内から何かが滲《にじ》み出《だ》すのを感じた。

「力を抜いて」

こめかみに口づけられたまま喋られると、まるで魔法をかけられた如く操られる。言われるがまま、ティアは立てた膝から強張りを解いた。

秘めるべき場所に、カリアスの指先が触れる。まるで淫らな花の形を確かめているよう。膨らみや、肉のあわいも探られて、愉悦の水位が上がってゆく。

ぴったりと閉じていた花弁が綻んでいくのが、自分でも分かった。

「ぁ、そこ……っ」

「極力、ティアに苦痛は感じてほしくない。だから快楽のみ受け取ってくれ」

莢《さや》の奥に隠れていた肉芽を探り出され、ティアから溢れた潤滑液を塗りたくられた。

小さな蕾には、神経が集中している。軽く摩られ転がされただけで、ティアの眼前にチカチカと光が瞬いた。

「ひ……っ、ぁ、ああッ」

花芽を二本の指で擦られ、表面を軽く叩かれる。更には根元から扱《しご》かれ、ティアの爪先が丸まった。

胸を揉まれた時も気持ちよかったけれど、快感の大きさが段違いだ。涙が滲み、頬を濡らした。髪を振り乱して燻《くすぶ》る熱を逃そうとしても、悦楽の波は大きくなるばかり。

息を吸い込みたくて大きく口を開けば、ティアの喉から漏れたのは卑猥な艶声だった。

「ぁ……ッ、ぁあぁっ」

濡れた淫音が激しくなる。下肢を濡らす愛蜜の量が増え、敷布が湿った。ティアが身悶えるせいで、シーツはすっかりよれて皺になっている。だがそれを気にかけている余裕は皆無だった。

「はぁ……ッ、ぁ、やぁ……あ、ぁああッ」

慎ましさをなくした陰核を強めに押し潰され、凶悪な快楽が脳天まで駆け抜けた。嵐《あらし》に似たそれは、ティアの理性や良識も吹き飛ばす。

ただひたすら、『気持ちいい』としか考えられない。カリアスの指で自由自在に鳴かされる。

平らな腹を波立たせ、荒れ狂う法悦に溺れまいと足掻くのが精々だ。

何物も受け入れたことのなかった隘路《あいろ》を内側から広げられて、やや苦しい。ティアのものとは比べ物にならない太く長い男の指で、無垢な処女地が開拓された。

「駄目……っ、あ、ひぅ……っ」

引き攣れる違和感はある。だが痛みは、覚悟したものよりずっと微《かす》かだ。

少しでもティアが苦痛を示すと、彼がたちどころに指の動きを変えてくれるからかもしれない。真剣な眼差しでこちらを見下ろしてくるカリアスは、ティアの一挙手一投足を見逃すまいとしているようだった。

「……っぁ、あ、あ……っ、やぁ、変になる……っ」

「いいよ。その方が、嬉しい」

「ひ……ッ、ぁ、あああッ」

内壁を掘削され、ゆったり摩擦されたと思えば、次第に深い部分を弄られる。

自分でも触れたことのない場所へ、彼の指先が到達していた。

「あ、や、そこは……っ」

「気持ちいい？　じゃあここは？」

「くぅうッ」

突然親指の腹で花芯を捏ねられ、ティアは奥歯を噛《か》み締《し》めた。飽和した快感が頭の中で爆《は》ぜる。陰唇からは新たな蜜液が溢れ、カリアスの手をびしょ濡れにした。

「同時は、嫌……っ」

「感じすぎて辛い？」

返事をする余力はなく、ティアは小刻みに頷いた。だが彼は淫路を責める動きを弱めてくれたが、こちらが過剰に反応する一点を逃してはくれなかった。

「はぅ、ぁ、あああッ」

蜜窟は全て感度が高いものの、その中でも特別に感覚が研ぎ澄まされたところがある。そこを弄られると、とても声を堪えられないし、四肢が不随意に痙攣してしまう。

そんな弱点とも言うべき部分を、ティアはカリアスに暴かれてしまった。

「ま、待って……っ、ぁ、あんッ」

一層水音が大きくなって、淫洞を掻《か》き回される。めちゃくちゃに激しいわけではない。それでもティアにはおかしくなりそうなほどの悦楽だった。

「ゃああッ、ぁ、駄目っ、もう……っ」

「何度でも達せばいい」

「ぁ……あああぁッ」

限界は、あっさりと訪れた。掻き出される愛蜜の音を聞きながら、ティアは高みに放り出される。肉道がキュウッと収斂《しゅうれん》し、内側にいる彼の指を喰《く》い締めた。

「上手にイけたな」

「……ぁ、は……っ」

これまでになく心臓が乱打していて、呼吸は一向に整わない。苦しくて喘げば、ティアの胸の谷間を汗が流れ落ちた。全身が茹《ゆだ》りそう。蒸気が立ち昇らないのが不思議なほど。

酸欠になりかけて忙しく息を継げば、ティアの両脚はカリアスに抱え直された。

「でもまだ終わりじゃない」

「え……?」

戸惑う間に、大きく開脚させられた。先ほどよりも大胆かつ淫猥《いんわい》に。ティアは驚いて膝を揃えようとしたけれど、間に彼がいては不可能だった。

「言っただろう? 極力、ティアに苦痛は感じてほしくないって。だからもっと解しておかないと。この狭さでは、まだ君を傷つけかねない」

「何を……」

媚肉は存分に濡れそぼっている。ティアが受けた閨教育では、これだけ湿り気を帯びていれば問題ないはずだった。

「もう充分だと思います」

「まるで『早く欲しい』と強請《ねだ》られている気がして興奮するが、ティアには絶対に義務感を抱いてほしくない。ただ単純に私を欲してくれているなら大歓迎でもね」

「わ、私はカリアス様を望んでいます」

「分かっている。だからこれは私の自己満足かな。役割や立場とは無関係に、いつかティアの口で『欲しい』と言わせてみたいのかもしれない」

そんな恥ずかしい発言は難しい。それでも彼が望むなら、叶えたいとも思った。

——今すぐは勇気がなくても……

「ひとまずは、今夜を最高の思い出で彩りたい。私と肌を重ねるのが忘れられず、楽しみにしてもらえるくらい」

「た、楽しみって……っ」

「女性は望まない相手に身体を開くのは苦痛だろう？　そういう思いをティアに絶対させせない」

おそらく、父親への複雑な感情が今もカリアスを苦しめている。それが分かるからこそ、ティアは彼を尚更愛しく思えた。

——もしかしたら私たちは同じ相手から受けた傷があるのかもしれない。種類は違っていても、初対面で通じ合うものがあったのは、何かを感じ取っていたせいなのかな……

だとしたら、過去の痛みすら愛しい。

カリアスへの共感や親近感を抱くためなら、必要だったのだと心底思った。

我ながら単純だ。しかしそういうティアの純粋な逞しさやしなやかさが、彼の救いになり得たとも言える。

「カリアス様の気持ちはよく分かりました。そこまで想っていただき、嬉しいです。――でもこの体勢はいったい……？」

ティアの開かれた脚の間に、彼が陣取っている。それも先ほどより下にずり下がる形で。

そこからでは、ティアの不浄の場所がよく見えてしまうのではないか。そう思い、さりげなく上体を起こそうとしたのだが。

「ああ、じっとしていて」

「や……っ？」

ティアは太腿を抱えられ、そのまま身体を二つ折りにされた。すると下半身が敷布から浮き上がり、反動で頭を上げることが困難になる。

何が起きたのか困惑している間に、もっと驚くべき事態に見舞われた。

「え……カリアス様、何をっ？」

彼が舌を伸ばし、信じられない場所へ顔を埋めようとしているではないか。そこは、絶対に舐めるところではない。

闇に関する授業でも、教えられなかった。女性の秘めるべき部分を舌で愛でるなんて、教会の教義にも反するのではないか。

「だ、駄目です、汚い……！」

「汚くなんてない。ずっとこうしたかった……」

「んァッ」

圧倒的な快感がティアの全身を貫いた。

指で弄られたのも気持ちよかったけれど、肉厚でザラリとした器官に肉芽を虐《いじ》められるのは、まるで違う衝撃だ。

しかも熱い口内に吸い上げられ、硬い歯で甘噛みされると、それぞれ別の刺激になる。瞬く間に愉悦が膨らみ、ティアの目尻から新しい涙がこぼれ落ちた。

「やぁあッ、やめ……ぁ、あんッ、ぁああ……っ」

手足は不随意に跳ね、踵が空中で揺れる。力強い腕で押さえられているため、逃げることは叶わない。上へずり上がって喜悦を散らそうにも、容易に引き戻された。

「そんな……ぁ、ひぅう……ッ」

体温が一気に上がったせいなのか、腹の奥から何かが蕩け出す。滑る液体の助けを借り、カリアスの舌はより滑らかかつ執拗《しつよう》に動き、ティアを恍惚《こうこつ》の海に誘った。

「ぁ……ぁああ……ッ」

無意識に彼の頭を両腿で挟み込み、腰は浮き上がる。さながら強請っているよう。そんな痴態を自ら晒しているとは思いもせず、卑猥な喘ぎを撒《ま》き散《ち》らした。

先刻達したばかりなのに、それ以上の高みへ押し上げられる。もはや意味のある言葉なんて出てこない。悲鳴めいた嬌声を漏らし、ティアはビクビクと全身を弾ませ、凶悪な逸楽を味わった。

「……は、ぅ……」

呼吸が苦しい。忙しく胸を上下させても、一向に乱れが収まらない。鼓動も平素のものとは段違いの速さで疾走していた。

「ずっと舐めていたいくらい、甘い」

口元を拭ったカリアスが凄絶な色香を滴らせる。

人体が、まして淫らな蜜液が甘いはずはないと思っても、ティアにそれを口にする余裕はなかった。息はまるで整わず、疲労感で指先まで重い。

立て続けに加えられた快楽は、まるで暴力だった。同時にあまりにも甘美。一度知ってしまえば、もう引き返せない。

大事な人に愛でられた身体は、疲れ切っても歓喜に打ち震えていた。

彼が指を汚す透明の滴も舐めとり、赤い舌がひらめいて、何とも艶めかしい。

カリアスが味わっている液体が自分の溢れさせたものだと思うと、どうしようもなく恥ずかしく居た堪れなくなる。それなのに胸が躍るから厄介だ。

それほどまで大切にされ、愛されている。態度と視線で言葉より雄弁に告げられた気もして、羞恥を喜びが上回った。

「……初めは少し辛い思いをさせてしまうと思うが……君を愛していいか？」

先ほどから彼の滾る欲望がティアに触れるので、カリアスが渾身の理性で己を律しているのは、察していた。男性は情欲に駆られると、途中でやめるのが難しいと教えられている。

それでも彼はティアの気持ちを尊重し優先しようとしてくれているのだと分かり、心が揺さぶられた。

――ああ……この方以外、全て捧げてもいいと思える人はいない。

絶対に後悔しないと断言できる。仮にこの先、どんなに辛い試練が待っていたとしても。今日の幸せの前では、全部霞《かす》むに違いないと思えた。

「……私を、カリアス様のものにしてください」

「お互い様だ。私自身もティアだけのものになる。他にはいらない」

一夫多妻が推奨されている国で、その誓いは重く難しい。後宮が解体されても、この先簡単にはいかないはずだ。彼本人が熱望したところで、周囲は黙っていないだろう。ましてティアは遥《はる》か格下の弱小国出身。

もっとカリアスを支えられる権力や財力を有した適任者が現れてもおかしくなかった。

——でも……カリアス様を信じたい。こうして口に出してくださったことが、何よりも嬉しい。

そしてティア自身、彼に相応しくあるため全力で頑張りたいと願った。

「大好きです」

「ティア……っ」

切なげに名を呼ばれ、媚肉に硬いものが押し当てられた。指や舌とは全く違う質量に、思わず腰が引ける。到底受け入れられるとは思えない。だがティアは覚悟を決めて、深呼吸した。

「カリアス様……っ」

蜜口が広げられ、彼の肉槍が入ってくる。身体の中央を引き裂かれるような痛みに、ティアは力一杯カリアスへしがみついた。

「……っ、息を、吐いて……っ」

「んん……っ、ぃ」

掠れた声で囁いた彼から、汗が滴り落ちてくる。小刻みに腰を揺らすカリアスは、眉間に皺を寄せていた。彼もまた大変なのかもしれない。余裕のない中、ティアに口づけしてくれ、腕を摩ってくれている。更には膨れた秘豆を愛撫《あいぶ》して、痛みに強張るティアを宥めてくれた。

「あ……っ」

「そう。力を抜いて」

花芯を撫でられると、遠退《とおの》いていた喜悦が戻ってくる。

肉筒を抉《えぐ》られる痛苦はあっても、淫芽から官能がジワリと広がった。

「……ぁ、あ……」

「頑張ってくれて、ありがとうティア。——これで私たちを引き離すことは、神にもできなくなった」

ジンジンと体内が痛む。信じられない奥まで、カリアスの楔《くさび》が突き刺さっている。彼の全てを飲み込めたのだと知り、誇らしさもあった。

「う、嬉しい……」

「私も同じ気持ちだ。やっと……君を手に入れられた」

額同士を合わせ、息を整える。呼吸する度、ティアの乳頭がカリアスの胸へ触れた。

汗まみれの素肌が密着し、二人を隔てるものは何もない。心音すら共有する感覚が、絶大な愉悦を運んできた。

「ん……っ」

「動いても大丈夫そうだな」

「は、はい」

疼痛《とうつう》は相変わらず居座っていたが、繋がった直後の苦痛は過ぎ去っていた。それよりも、生まれて初めての欲望がティアの奥から生じている。

傷痕を擦られる痛みは、いつしかチリチリとした疼きへ取って代わった。

「辛かったら、私に爪を立てて伝えてほしい。思いっきり引っ掻いてくれ。それくらいされないと、気づけないかもしれない」

「え……」

「ティアがあまりにも魅力的で、これ以上理性を保てる自信がない」

らしくない弱音を吐いて、彼は瞳を細めた。その表情が途轍もなく官能的で、こちらの心臓がとても持たない。目も心も強制的に吸い寄せられる。

ティアがつい息を呑んだ次の瞬間、律動が始まった。

「あ……ッ」

濡れ襞《ひだ》をこそげられ、カリアスの屹立《きつりつ》が引き抜かれる。圧迫感が薄れたと安堵した直後には、再び剛直が突きたてられた。

「ひ、ぁ、ああッ」

淫窟に楔を押し込まれると、ティアの声が連動して押し出される。唇を引き結んだ程度では堪えられない。上下に揺らされ、泣き喘ぐ以外できることは何もなかった。

体内が蹂躙される。爛《ただ》れた蜜路が隈なく擦られ、限界まで広げられた。二人の局部がぶつかれば、拍手めいた音が鳴る。そこに卑猥な水音も重なり、室内はたちまち淫靡《いんび》な空気に支配された。

「……ぁ、あ、ァああッ」

自分の身体が全く制御できず、されるがまま視界が乱れた。

腹の内側を食い荒らされてゆく怯えと、被虐《ひぎゃく》的な悦《よろこ》び。それらに頭の中が埋め尽くされる。

浅い部分をじっくり摩擦されるのも、時折深く抉られるのも気持ちがいい。

まだ最奥を責められると苦しいけれど、花芯を摘まれながら打擲《ちょうちゃく》を受け、ティアは喉を晒して身悶えた。

「んぁあっ、やぁ……激し……っ」

掻き出された蜜液が泡立って内腿を汚してゆく。体液塗れの肢体を絡ませ合い、いやらしく身をくねらせた。

「ひ、ぁあ……っ」

「ティアの内側が、私のものをビクビクと締め付けてくる……っ、そんなにきつく絞られては、上手く動けないよ」

「アッ、ぁ……かは……っ」

勿論、意識的にしている反応ではなかった。快楽に浮かされて、頭は役立たずになっている。身体も同じ。今のティアにできることと言えば、カリアスと息を合わせ愉悦を貪ることだけだった。

「こんなに健気《けなげ》に膨らませて……ティアは案外貪欲だ」

肥大した花蕾をギュッと摘まれ、ティアはガクガクと痙攣した。

閉じられなくなった口からはだらしなく唾液がこぼれ、体内が収斂し、彼の肉槍の形がまざまざと伝わってくる。それは初めよりも一層大きく漲《みなぎ》っていた。今や内側からティアの腹を突き破らないのが不思議なほど。内臓を圧迫する質量が、熟れた膣壁を掻き毟《むし》った。

「え……ひぁあッ」

「ぉ、あ、あ……っ、駄目ぇ……っ」

「何が？　ちゃんと言ってくれないと、分からない。このまま終わりにする？」

動きを止めたカリアスが、どこか意地の悪い笑顔でこちらを覗き込《のぞこ》んできた。それでいて、ティアの脚を抱え直し結合を深くする。

彼の切っ先が敏感な場所を捉えては、ティアがまともな返事を紡げるはずもなかった。

「可愛い」

うっとりと笑んだカリアスが、濃密なキスを仕掛けてくる。舌を搦め淫猥な水音を奏でる口づけは、ある意味今している行為そのものに似た糖度だった。

「ん……、む」

上も下もぐちゃぐちゃに混ざり合い、二人の境目が曖昧になってゆく。一つになるのが最終目標であるように、ティアはより強く彼の背中へ腕を回した。

「ぅんん……ぁ、ふ……」

「……積極的な君も魅力的だ。どこまで私を惑わせて虜《とりこ》にする？」

惜しみない睦言《むつごと》に酔いしれて、ティアも拙いながら腰を使った。それは到底彼が満足できるものではない。だがカリアスはやや驚いた顔をした後、蕩けそうな笑顔を見せてくれた。

「ティアの全部が私を魅了する。君はもしかしたらとんだ魔性の女かもしれない。つくづく、父上に女性を見る目がなくてよかった」

「やぁ……っ」

こんな時に彼以外の男の話など聞きたくなかった。むずがる幼子の如くティアが首を左右に振れば、察しのいいカリアスには伝わったらしい。彼は「すまない」と素直に謝り、ティアの頭を撫でてくれた。

「くだらない話をした。だが一つだけはっきり断言できることがある。もし君が父上の女になっていたとしても、私は諦めきれなかったと思う。それこそ王位を奪ってでも、ティアを手に入れようとした気がする」

これ以上の愛の言葉はこの世にないのではないか。

父親に似たくないと嫌悪の表情で語っていたカリアス。愛憎の絡んだ争いは彼の最も忌避するところだ。『後宮』自体に拒否感があり、極力遠ざけようとしていた人。醜い争いに発展するくらいなら、強引に何かを手に入れようとするはずもない。そういう人が。

——父親殺しの汚名を着てまで、私を求めてくださるの……？

閨での戯言だったとしてもいい。どこまで本気かは、問題ではなかった。

真剣なカリアスの瞳に引き寄せられ、愛情の籠ったキスを交わす。

唾液を混ぜ合い舌を絡ませ、ありったけの想いを伝えあった。

「ん……ふ、ぁ、あ……」

再びベッドが揺れ始める。今度はゆっくりと。だが次第に激しさを増し、二人同じ律動を刻んだ。

「……あああッ」

突き上げられ、捏ねられ、ティアの内側の形が変えられる。彼のためだけに変化する錯覚が、大いなる快楽をもたらした。

「ァ、あぁあ……、好き……っ、カリアス様……っ」

「ティア……っ」

好きだと吐露したせいか、気持ちが込み上げ肉体にも影響を及ぼす。ただでさえ限界ギリギリだった快楽の器が、ついに溢れた。

「あああ……ッ」

これまでで一番の高みに掠《さら》われ、下りてこられない。閃光《せんこう》が弾け、爪先がこの上なく丸まった。

楔の感触を生々しく味わって、吐精を促すようにティアの肉襞が騒めく。絡みつく粘膜を引《ひ》き剥《は》がす勢いで彼が腰を叩きつけてきて、ティアは何度も絶頂へ飛ばされた。

カリアスの剛直が質量を増す。熱い迸《ほとばし》りが注がれたのは、その直後だった。

「あ……ああ……ッ」

熱い。腹の奥が叩かれる。自分でも意識したことのない最奥に熱液が注がれ、体内に浸透してゆく。

彼は白濁を一滴残らずティアに吐き出そうとしているのか、緩々と腰を押し付けてきた。グズグズに蕩けた蜜洞が淫音を奏でる。彼の屹立は深々と埋められたまま。深く繋がった状態で、数えきれない回数口づけを交わした。

「カリアス……様……」

「お疲れ様、ティア。眠っていいよ」

下りてくる瞼《まぶた》に抗えない。もう疲労感と眠気が限界を突破していた。

こちらを労わる手付きで頬や髪を撫でてくる彼の手が、とても優しい。カリアスの腕の中こそが、ティアにはどこよりも安心できる居場所だ。

大きな身体に包み込まれる充足感を堪能しながら、ティアは彼の言葉に甘え、夢の中に堕《お》ちていった。

第四章　媚薬を作ってみました

最も格式の高い金剛宮に部屋を与えられ、仕えるべき相手——国王が毎晩せっせと通ってくるなら、それはもう紛れもなく寵妃である。

更には溢れんばかりの贈り物が日々届けられ、しかも以前とは違い『行為』が伴っているとなれば、間違いない。名実ともに、ティアはカリアス唯一の妃と言って差し支えなかった。

これほどまでに一人の女に執着する彼を見たことがない者にとっては、さぞや衝撃的だったことだろう。

優れた能力を持ちながら、どこか禁欲的だったカリアスを憂いていた人々にとっては、『まさか女に興味がないのか？』『よもやこのまま跡継ぎを儲《もう》ける気がないのでは……』と戦々恐々だったので、朗報でもあった。ひとまず『女嫌い』ではないと証明されたのだ。

だが、現実はそう単純ではない。

ティアを大事にする国王に胸を撫《な》で下ろしている人間は少なくないけれど、だとしても『それはそれ、これはこれ』なのである。

彼が男色ではないと知れただけで充分であり、あくまでも『通過点』と考える輩《やから》が大半だった。つまり、女に関心を向けるようになったのなら『相応しい相手』を伴侶として見つけねばと、妙な使命感に駆られる貴族が現れたのだ。

もっと言うなら、『我が娘を』『いやいや、周辺諸国との結びつきを強めるため、他国の王族から』と進言してくる。

言わずもがな、国を憂えるふりをして、実際にはこれに乗じ己の地位を固めようとしているに過ぎなかった。

——でもそんなことは想定の範囲内だわ。

ティアだって、覚悟はしていた。おそらくこういう問題からは逃れられないと知りつつ、カリアスを受け入れたのだ。

いくら彼が突っぱねてくれていても、いずれは臣下の声に耳を傾けねばならなくなるかもしれない。家柄がよく、教養があり、莫大な財力を持つ美しく賢い女性が現れれば、心を揺らがさずにいるのは難しいだろう。

現在、カリアスはティアを心から愛してくれている。そのことは欠片も疑っていなかった。けれど運命はいつだって残酷だ。心変わりせずとも、状況が許してくれないことはある。

このままではそう遠くない未来、ティアではない別の女性が正妃の座に座る可能性は高かった。いや、何もせず傍観すれば、ほぼ確実にやって来る将来だ。

国を担うとは、そういうこと。個人の正義感や願望などは大義の前に踏《ふ》み躙《にじ》られる。

——私には、アレイサン国の権力者たちを黙らせる力はない。私が持っているものと言ったら、カリアス様の『心』という形のないものだけ。

今はまだいい。ようやく後宮に足を向けるようになったカリアスの機嫌を損ねぬよう、大っぴらに『後宮の拡充』を訴える者はいないのだから。

しかし時間の問題だ。一人声を上げれば、瞬く間に『我も我も』の大騒ぎになるのが目に見えていた。

その時、邪魔者となるであろうティアがどう扱われるか。考えるだけでゾッとする。追い出しを図られるだけならまだしも、暗殺の危機も考えられた。

——水晶宮に入ったばかりの頃、毒薬が横行したこともあったなぁ……私は薬草の知識があるし、敵としては小物と見做されていたから、被害が及ばなかったけどね……あの騒ぎが再来したらどうしよう。

生きるため長年存在感を消していたのに、元《もと》の木阿弥《もくあみ》ではないか。モグラに徹し、幽霊とまで嘲られた日々が台無しである。

正直怖い。しかしそれ以上にティアの中で沸々とした怒りも生まれた。

——仕方ないことだとしても、やっぱりカリアス様の隣に別の女性がいるのは嫌。勝手に連れてこられた挙句、ポイ捨てされるのもごめんよ。今更チェッタ国へ戻されても嬉しくないわ。

だったら、私にできることは死に物狂いで頑張らないと……

負け戦だとしても、指を咥《くわ》えて見ているつもりはない。これでも諦めは悪いのだ。

自分にとって一番安心できるのは彼の腕の中だと実感している。その居場所を死守したい。

そして何よりも、カリアスに苦渋の決断を迫りたくなかった。

――あの方はきっと、外圧に屈して私を切り捨てはしない。でも国や民を憂えて必ず苦しむ。

その時に国王として望まぬ選択を強いられないと断言できない。私は、その過程で苦しむカリアス様を見たくないの……

そこでティアが出した結論は一つ。

引き籠っているだけでは、自分も彼も守れない。攻撃は最大の防御。さりとて後宮から自由に出入りできない身として、可能な戦い方は。

――カリアス様の子どもが欲しい。

愛する人との子がいれば、万が一冷遇されたり追い出されたりしても強く生きていける。

ティアは別に己が正妃に相応しいなんて自惚《うぬぼ》れていない。それでも『全力で愛され、愛した』証を求めたくなった。

彼としても、ティアとの間に愛の結晶が生まれれば、貴族らの意見を躱せるかもしれない。

――それなら私がすべきことは、明白だわ。大人しく追いやられてなるものですか。

荒波を乗り越えてみせる。自分のためには難しくても、カリアスが関わるなら戦うこともやぶさかではなかった。喧嘩《けんか》などしたことはないけれど、いざとなれば取っ組み合い程度は挑む所存だ。周囲の思惑に屈したりしない。

──そのためにもカリアス様の赤ちゃんが欲しい！

愚直な性格も相まって、ティアはやや大胆な結論に辿《たど》り着《つ》いた。しかし一度その考えに思い至ると、他に解決策はない気がしてくる。

そこである意味素直なティアは、早速計画を練り始めた。

まずはこうだ。薬草園から妊娠に効果があると謳われる薬草を取り寄せる。まだティア自身が自由に行き来はできなくても、人に頼めなくはない。

そして手に入れたものを使って、自らの身体を整える。

勿論、肌や髪の手入れも怠らず、最近は化粧だって頑張っている。苦手なおしゃれも自分なりに磨いているつもりだ。全てはカリアスを誘惑するためである。

──私、案外強かだったのね……でも、決めたからには一直線よ。

金剛宮に移ってから四か月。赤ちゃんを産んでみせると心に誓い、既に一週間が経過した。その間に水面下で準備は整えている。言わばこれは自分磨き。己への投資である。

生活が一変したおかげで、痩せぎすだったティアの身体には、程よい丸みがついた。太ったのではなく、以前より胸や尻が育っているように思う。

鏡で自らの肉体を確認し、ティアは気合を入れ直した。間もなくカリアスがやって来る時間だ。

今夜の自分は一味違う。何せ先ほど、自作の媚薬を服用したばかり。これで普段は乏しい色気を補えるに違いなかった。

――媚薬なんて、初めて作ったけど……！　あの本、古くても役に立つわね。

病気や怪我に効くもの以外のページはさほど真剣に読み込んでいなかったのだが、今回秘《ひそ》かな目的を達成するため、重点的に媚薬に関する項目へ目を通し直した。

それはもう、舐めるように。寝食も忘れて。

ばあやからは若干気味悪がられたものだ。まさか大切に育てたティアが、怪しい薬を作ろうとしているとは夢にも思わなかったに決まっている。

――ごめんなさい、ばあや……私はちょっと汚れてしまったわ。だけど全ては私たちの幸せのためなの。まじめに勉強する振りをして媚薬を作っていたと知っても、許してね……！

そんなこんなで完成させた媚薬だが、効能を試すのは、今夜が初めてである。

勿論、ぶっつけ本番。

他の誰かで試せるわけもなく、ティアは自らを実験台にするつもりだった。

――うーん……あまり変化は感じないわ……これ、本当に効いているのかしら？

材料に強い薬草は使っていないので、大きな悪影響は考え難い。しかしあまりにも効き目が控えめだと、せっかく作った意味がなかった。

――いっそ量を倍にして濃縮した方がよかったかしら……いやいや、まずは少量からでないと、危険よね。焦っちゃ駄目。

ティアは自分の頬が艶めかしく上気しているとは思いもせず、一人ベッドにちょこんと座っていた。

ばあやや侍女たちは、もう下がっている。

時刻は夜更け。そろそろカリアスが政務を終え、この部屋にやって来る刻限だった。

――何だかどんどん蒸し暑くなるわ。薄い夜着一枚しか着ていないのに。気温が高いの？

片手でパタパタと頬を扇《あお》ぐ。いっそ窓を開けようかなと思っていると、そこへカリアスが入室してきた。

「お待たせ、ティア。――……どうしたんだ？」

「え？」

「顔が真っ赤だが……熱でもあるのか？」

心配される覚えのないティアは、彼が気遣わしげにこちらを覗き込んできたので、驚いた。カリアスの双眸には自分に対する惜しみない愛情が湛えられている。本気で案じてくれているのが伝わってきて、心臓がキュンっと高鳴った。

「ど、どうもしませんよ？」

「だが、妙に息が荒いし……横になった方がいいのではないか？　今、医師を呼ぶ」

「その必要はありません！」

もし医師を呼ばれ、自作の怪しい薬を飲んだせいだとバレたら、どうなることやら。まず確実に大騒ぎである。

カリアスに毒を盛るつもりだったとでも言われかねないし、何よりも恥をかく。

ティアの座を虎視眈々《こしたんたん》と狙う敵に、隙を見せるわけにはいかないのだ。

「だ、大丈夫です。今夜は蒸し暑くて……」

「肌寒くないか？」

「先ほど！　軽く運動していたのです！　やはり部屋にいてばかりでは身体が鈍ってしまいますので！」

「ああ……それは私にも責任の一端があるな。未だにティアが自由に薬草園へ行かれるよう取り計らえなくて、すまない」

意図せず彼に謝罪させてしまい、ティアは慌てて首を左右に振った。

「貴方《あなた》を詰るつもりなんてありません。そ、それにほら……ええっと、体力をつけなくてはカリアス様を満足にお迎えできないと思って……！」

元来二人の体力には多大なる差があるので、これはあながち口から出まかせではなかった。

一晩中彼の情熱を受け止めていると、ティアは翌朝起きられないことも珍しくない。あちこち痛いし、回復までに時間がかかる。だからこそ、体力向上は急務でもあるのだが。

「……っ、そんな大胆なことを君から言われるとは思わなかった。——だが、そうか期待されているようで、嬉しいな」

「……えっ」

ティアの台詞をどう解釈したのか、カリアスが照れた様子で口元を押さえた。

戸惑っているようだが、明らかに口角が緩んでいる。

どうやらとんだ発言をしてしまったとティアが思い至った時には、彼から情熱的な眼差しを注がれていた。

「い、今のは言い方を間違えて……っ」

「いや、全部口にしなくても、分かっている。君に恥をかかせるつもりはない。それよりも、ありがとう」

礼を言われるのは釈然としないが、はにかむカリアスが優美過ぎて、目を奪われた。

ずば抜けた美形は好みではなかったはずなのに、近頃ではすっかり彼の容姿に釘付《くぎづ》けになっている。ただ、姿かたちが整っているからが理由ではない。

カリアスが相手なので、どうしても目が離せない。つい吸い寄せられて魅了される。

どんな表情でも仕草でも、ティアを虜にして止まなかった。

「抱きしめさせてくれ」

両腕を広げた彼が小首を傾げる。一歩間違えればあざとい。それも大柄で筋骨隆々の男性には、本来あまり似合わない行動だろう。だが様になるから困りものだった。

──うぅ……私に逆らえるわけがない……

惚《ほ》れた欲目か、ティアが殊の外チョロいのか。どちらにしても飛び込む勢いでカリアスの胸へティアは身体を預けた。

逞しい腕に抱きしめられ、ホッとする。すると彼が鼻をスンッと鳴らした。

「……寝室に入った時から感じていたが、何だか不思議な匂いがするな……？　あまり嗅ぎ慣れない香りだ」

「えッ」

ティアのつむじに鼻を埋めていた彼が何気ない様子で呟《つぶや》いた。

しかし仄《ほの》かな疚《やま》しさを抱えているティアは、大仰に反応してしまう。もしや媚薬に気づいたのかと身を強張らせた。

「き、気のせいではありませんか？」

「うーん……青臭いとも、発酵したようとも言える、妙な感じだ」

「か、換気が悪いのですかね？　昼間、保存した薬草を弄っていたので、残り香でしょうか？」

「ああ、そうなのか。本当に君は研究者も驚くほど勉強熱心だ」

幸いにもカリアスは騙されてくれた。けれど匂いは気になるのか、深く息を吸っている。

ティアはこれ以上追及されないためにも、やや強引に彼をベッドへ押し倒した。成り行きで、こちらが乗り上げる体勢になる。

「ティア？　先ほどの発言といい、今夜は随分積極的だな……」

仰向けに転がったカリアスが双眸を忙しく瞬いた。とは言え、満更でもないらしい。

彼の瞳には、期待の焔が揺らいでいた。

「た、たまには私だってカリアス様を喜ばせたいのです」

「ふ……それは楽しみだな」

とんでもない展開になってしまったが、結果は上々である。

元より今夜は媚薬の力を借りて『いつもとは違う自分』を演出し、ティアは彼を誘惑する腹積もりだった。そうして是非とも子種をたっぷりいただきたいのである。

——まぁ、色々策を講じなくてもほぼ毎晩そうなるけれど……いつも同じではよくないわ。円満な男女関係には、適度な刺激が必要不可欠なのよ。閨の教本にそう書いてあったもの！

だがカリアスを無事押し倒したものの、この先何をすればいいのか分からない。

いつも彼があれこれしてくれることに受け身だったせいで、ティアは早速手詰まりになってしまった。

さりとて、カリアスに跨《また》がって見下ろすという光景が初めてで、ゾクゾクとした愉悦が込み上げるのも事実。挑発的な視線を下から受けて、ティアの女の部分が甘く疼いた。

——はしたないけど、興奮する……

妙に心がざわつく。意地の悪いことをしたくなるのに似た嗜虐心が、じわじわとティアの内側で広がっていった。

——え、こんな欲求を抱いたのは初めて……

自分の中に生まれた衝動に驚き、持て余しつつも昂《たかぶ》ってゆく。吐き出した息には、完全に淫らな色が混じっていた。

——媚薬の影響が出てきたのかな……口にするのが憚られる場所がジンジンして、変な気分になる……

つい腰をくねらせて、ティアは自らの媚肉を彼の身体に擦りつけた。服越しに摩擦された蜜口が早くも潤い始めているのが感じられる。

だが己の行動に驚いて、慌てて動きをとめた。

——わ、私ったら何てふしだらな真似を……っ
思考に靄《もや》がかかり、頭がのぼせているのは否めない。性的な欲求が膨らんで、カリアスの体温や匂い、形を感じるだけでどんどん衝動が大きくなる。

端的に言えば、『欲しい』と口走ってしまいそうで、怖くなった。

——いつもより大胆になろうと決めていたけれど、痴女を目指したわけでは……っ
「もう終わりか？　それだけでは喜んだとは言えないな」

けれど狼狽するティアをよそに、彼が悪辣な台詞を吐いた。しかも意味深な手つきでこちらの太腿を撫《な》で上げてくる。

その指先が孕む意図は明らかで、夜着の裾を割って入ってくる手は、あまりにも淫蕩だった。

「ぁっ、駄目……」

「もう濡れている。そんなに今夜私の来訪が待ち遠しかったのか？」

「え、ぁ、その……っ」

否定も肯定もできず、ティアは反射的にカリアスの手を押さえた。しかし一度脚の付け根を捉えた彼の指先は、花弁から離れてくれない。肉のあわいに沿って、ゆったりと前後した。

「ぁああ……っ」

「いつも以上に感度がいいな。少し触っただけで手首までびしょ濡れになってしまった」

——それは媚薬のせいで……っ、とは絶対に言えない……！

己の尊厳に関わる。ここまで効き目絶大だと知っていたなら、摂取量は半分にすべきだった。つい先刻『倍にすればよかった』と考えていたことは綺麗に忘れ、ティアは激しく後悔した。

勿論、口には出さない。

カリアスの指戯に翻弄され、それどころではなかったのも否定できない上、渇望が荒ぶり過ぎている。主導権を握り、彼を翻弄するつもりだったのに、これでは台無しだ。

ティアの花芯を嬲《なぶ》っていた指先は、今や泥濘《ぬかるみ》へと埋められていた。

「熱く潤んでいる。本当に今夜はいつもと違うな」

「あ、あ……っ、掻き回さないでぇ……っ」

まだ互いに夜着は纏ったまま。薄布の下で、淫らな戯れにより粘着質な水音が奏でられた。

──心臓がドキドキして、苦しい。あの媚薬、こんなに強い効き目じゃとてもカリアス様には飲ませられないわ……

必要以上に理性を剥《は》ぎ取られるのも、よろしくない。

いくら毒になる成分ではないとは言え、多少は体調に影響がありそうだ。

せっかく作った媚薬ではあるが、これは黒歴史として封印しようとティアは心に誓った。

「君の発情した顔を見られるのは、私の特権だな」

「……ぁ、ん」

下から伸ばされた手に引き寄せられ、ティアはカリアスに跨ったまま上体を倒した。

自分が押し倒しているはずなのに、濃厚なキスはこちらが食らわれている錯覚をもたらす。

口内を嘗《な》め回される淫靡な口づけで、体内の疼きはより大きくなっていった。

「んぅ……は、ぁああ……」

戯れのように舌を搦め合い、混ざった唾液を夢中で味わう。口の中に性感帯があるのは、彼が教えてくれたことだ。

カリアスにも気持ちよくなってほしくて、ティアは健気に彼の舌を啜《すす》り上げた。

「は、ふ」

「……ん。ティア、何か甘いものでも食したか？」

「え？」

「君が好む菓子の味とは違うが……何か奇妙に甘ったるい」

原因は、考えるまでもなく媚薬である。

何故なら普段のティアは、夕食の後に何も食べない。精々、疲労回復や安眠のために薬草茶を飲むくらいだ。その際、体型維持を意識して砂糖やミルクは入れずに我慢していた。勿論、今夜も同様。一つ違うことと言えば、自作の薬以外、あり得なかった。

――え、さっき飲んだ媚薬が、私の口の中に残っていたってこと？　それにしたって、カリアス様ったら鋭すぎない……っ？

アレイサン国の王族は毒での暗殺に備え、味覚を鍛えたり耐性をつけたりするとは聞いたことがある。彼ならば、訓練を積んでいてもおかしくない。

しかしこんな時にそんな能力を発揮してもらっては困る。ティアは役立たずになりかけている頭を全力で回転させた。

「お茶を……っ、新しく作ったお茶を飲んだのです」

「なるほど。ティアの新作か。よかったら、私にも一杯淹《い》れてくれないか？　今日は忙しくて、ろくに水を飲む暇もなかった」

「え」

失敗した。全く望んでいない展開に、思考がすっ飛ぶ。

もしティアが少しでも冷静さを保っていたら、素知らぬ顔で媚薬効果のない別の茶を用意したと思う。またはもっと強かであったなら、『これ幸い』とばかりに平然とカリアスに媚薬を盛った可能性があった。

けれど生真面目かつ判断力の下がった状態のティアは、彼を謀《はか》る発想も抱けなかった。

言われるがまま、自分も飲んだ問題の代物をつい準備してしまう。それがとんでもない事態を巻き起こすとも知らず。

「こ、こちらです……」

「へぇ。あまり馴染みのない色だな。香りも独特だ。どんな効能があるんだ？」

「げ、元気になると申しますか……」

身体の一部が。または精力が。

いくら素直な性格でも、ここは隠し通さなくては。

ティアは馬鹿正直に答えそうになる自分を、必死で押し留めた。

「運動もそうだが、ティアは本当に健気だな……こっちは少し自分を落ち着かせて君に負担をかけないようにしようと思ったのに、むしろ煽《あお》られるとは……」

困ったと漏らしつつも至極嬉しそうなカリアスが、カップに口をつける。その中には当然、件《くだん》の薬が投入されていた。

――ああ……カリアス様ったら、飲んでしまわれた……それもゴクゴクと。よほど喉が渇いていらしたのね……でもだったら、果実水でもお酒でも用意しておいたのに！

制止できなかったティアにも非はある。だが何とも言えない仄暗《ほのぐら》い優越感があったのも事実だった。

――私の作成した媚薬で、この方が乱れる姿も見てみたい……激しく求められたら、どんなに素敵かしら……

大っぴらには言えない、表に出せない願望。

愛しい人が理性を擲《なげう》って自分を欲してくれたら――という期待を否定できなかった。

「面白い味だな。何となく効き目がありそうだ」

それは保証しますと頷きかけ、ティアは咄嗟に視線を逸らした。疚しい。

そうこうしている間にも、身体の昂《たか》ぶりは大きくなってゆく。今や座っていても、膝を擦り合わせずにはいられなかった。

――時間を置いたら薬の影響が薄れるかと思ったけれど、段々強くなってくる……疼きが無視できない。

先刻中途半端に刺激されたのもよくなかったのか。欲求不満がティアの内側で暴れていた。

われたら。

潤み爛《ただ》れた蜜壺を、早く彼のもので埋めてほしい。めちゃくちゃに中を擦って獣のように交われたら。

――ああ……はしたない。私ったら頭がおかしくなってしまったみたい……今もカリアス様の身体をものすごくいやらしい目で見てしまう……！

逞しい肉体は簡素な夜着で隠しおおせるものではない。逆に胸板の厚さや、首と腕の太さ、筋肉質な腰から足にかけての引き締まり具合が顕著になるだけだ。

しかもティアはそれらを全て、間近で見るに飽き足らず、触れたこともあるのだから、熟知していて当然だった。

――今直に見えない分、妄想が激しくなって……これも媚薬の効果なの？

だとしたら恐ろしい。とんでもない効果だ。心の奥で『古い書物だから』と侮っていた自分を叱り飛ばしたい。昔の人は賢人である。

――でもカリアス様には効かないかもしれないわ。薬物に身体を慣らされているでしょうし、私とは身長や体重が違うもの。

影響が出てほしいのかほしくないのか、自分でもよく分からない。ただティアの興奮を鎮められるのが彼だけなのは、ハッキリしていた。

「カリアス様……」

潤み濡れた瞳で彼を見つめる。

頬は紅潮し、とても卑猥だ。男の劣情を誘うとは考えもせず、ティアはソファーに座るカリアスの膝に乗り上げた。

もう限界だ。彼がほしくて堪らない。ふしだらな真似をしていると理解していても、自身の行動を制御できなかった。

「ティア……君に無理をさせないよう気遣いたいのに、私の努力を無駄にする気か？」

「だ、だって……」

口ではこちらを窘《たしな》めようとしていても、カリアスも目尻を朱に染めていた。呼気は、熱く滾っている。双眸には明らかにギラギラとした欲が滲んでいた。

「……急に室温が上がったか……？」

乱暴な仕草で襟元を乱した彼が、色香の宿った眼差しをティアへ向けてくる。はだけられた胸元には、薄っすら汗が浮いていた。

──効いちゃったんだ……

鼓動が暴れている。血の巡りは普段とは比べ物にならないほど速い。

呼吸するだけで喉が震え、淫らな音が漏れそうになった。

「わ、私……」

「こうしてティアに迫られるのは、いつもと趣向が違って、加減がきかなくなりそうだ……」

大きな掌が後頭部に回ってきて、強引に口づけられた。欲望剥《む》き出《だ》しのキスは、甘くて乱暴。

先ほどより口内の温度が上がっているのか、より一層淫らさを増していた。

「は……っ」

カリアスの肩から夜着を滑り落とし、腰で縛られていた紐《ひも》を解く。ティアが自らの身体を押し付けると、彼が嫣然《えんぜん》と微笑んだ。

「男の服を脱がすのが、上手くなった。最初の夜、せっかく脱いだものをもう一度着ろと言われて、随分な小悪魔だと思ったんだ」

「い、意地悪を言わないでください」

あの頃は、教えられた通りにすること以外、考えられなかった。けれど今は、したいようにする余地がある。多少は慣れたのだと、ティアは心の中で胸を張った。

「私だって、成長します」

「知っている。君は真面目な努力家だ。勤勉でもある」

手放しで称賛しつつ、カリアスがこちらの服を乱してきた。胸元を緩められ乳房がまろび出る。裾をたくし上げられて、太腿までが露わにされた。

それでも全て脱がせる気はないのか、中途半端に夜着がティアの身体に纏わりついている。戒められたようで動き難く、ティアは戸惑いの視線を彼へ向けた。

「あの……?」

何だか、裸にされるより卑猥な気がする。上半身は胸が晒され、下も際どいところまで捲られている。陰部は隠されていると言っても、カリアスの指先の侵入は拒めなかった。

「ぁ……」

下着の横から花弁に触られ、ティアは反射的に膝立ちになる。だが彼の脚に乗っている状況は変わらない。腰を浮かせたところでカリアスが悪戯しやすくなっただけなのが、明白だった。

「んッ」

もどかしい刺激に腰が揺れる。体勢を保つためには、彼の肩に縋りつくより他になかった。

「は……ぁ、あ」

「自分で好きなように動いてごらん。私からは手を動かさないから」

宣言通り、カリアスは唐突に動きを止めた。指はその場に固定されたまま。

じんわりと高まりだしていたティアの快感は、無情にも断ち切られた。これでは燻《くすぶ》る熱の発散も、達することもできやしない。

視線で抗議を訴えても、艶やかな笑みで返されるだけ。放置されれば、こちらが辛い。ただでさえ媚薬によって欲求が膨らんでいる。

飢えた獣の如く唸《うな》り、ティアはたどたどしく腰を揺らした。

「ん……ん、ぅ……っ」

まるで彼の手を利用して自慰をしている気分になる。信じられないほど背徳的。それでいて、絶大な喜悦が背筋を震わせた。

感じる場所へカリアスの指先が当たるよう自ら腰を落とし込み、淫猥に尻を振る。前後上下に動き、ひたすら愉悦を追い求めた。平素のティアであれば、羞恥心が勝り考えられない暴挙だ。けれど興奮も露わな彼の眼差しに勇気を得て、より大胆に身をくねらせた。

「は……んッ」

「そんな姿を男に見せたら、危険だと教えないといけないな」

「ん……、カリアス様にしかお見せしないので、平気です。……ぁっ」

「信頼してもらえるのは嬉しいが、そろそろこちらの理性も限界だ。散々煽って誘惑したのは、ティアだよ？　どう見ても様子がおかしい君に、仕切り直す機会はあげたのに」

そんな気遣いは無用だと意味を込め、ティアは彼の耳朶《じだ》を食んだ。

軽く歯を立て、舌で擽る。更には耳孔にも息を吹き込んだ。

それらは全て、よくカリアスにされること。こうして責められると、ティアはいつも肌を粟立たせて感じてしまう。その仕返しの意味も籠っていた。

「……っ、どうやら遠慮は無用のようだ。――覚悟してくれ」

「あ……っ」

それまで入り口付近をさまよっていた彼の指が、いきなり蜜洞を犯してきた。

存分に濡れそぼっていたので、痛みは微塵もない。しかし一気に三本の指を突き立てられ、内部でバラバラに動かされるとティアは腰が砕けそうになった。

「……っ、ぁ、あ」

「もう降参?」

「ち、違……っ、ふ、ぁッ」

完全にカリアスへしなだれかかりそうになり、ティアは慌てて体勢を立て直した。両腿に力を籠《こ》め、腰を浮かせる。膝立ちを維持し、彼の胸板を弄った。

男性にもある小さな乳嘴へ舌を這わせ、爪の先で擦る。女性ほどではなくても、赤く色づき存在を主張してくるのが愛らしいと感じた。

そそり立つ先端の周りを擽って、優しく虐めてやる。控えめな突起を口内で転がし、唾液を塗《まぶ》した。これもまた、カリアスに教えられたことだ。

「……っ」

あまり表情に変化はなくても、彼の吐息が乱れた。そのことが嬉しくて、つい熱心になる。もっとカリアスを悦ばせたい、感じさせたい欲に抗えず、彼の肩に置いていた手をうなじへ滑らせた。そこから背骨を伝って、指先で線を描く。腰まで到達した後は、筋肉の張りつめた男の尻を淫靡に弄った。

「いつの間に、こんな悪戯を覚えた?」

「カリアス様がいつも私にすることです」

今夜の自分は手も足も出ない初心者ではない。そんな心意気で強気に口角を上げた。

けれど余裕を保てたのはここまで。

ティアの淫窟の中で、カリアスが的確に弱い部分を探り当てる。いつもとは違う体勢なのに、いとも容易く暴かれてしまった。

「ひぅッ」

「姿勢が変わると、同じ感じる場所でも刺激が変化するだろう？　ティアはどちらの方がいい？」

ぐちょぐちょと蜜口が掻き回される。太腿を温い滴が滴り落ちた。

「可愛いな……すっかり蕩けた顔をしている……」

頬を舐められ、法悦が膨らんだ。もうこちらから悪戯を仕掛ける余裕はない。膝立ちの姿勢を維持するので精一杯。ブルブル震える太腿は、今にも座り込んでしまいそうだった。

──でもそうしたら……っ
ティアの真下には雄々しく勃《た》ちあがる肉槍がある。このまま腰を下ろせば、入ってしまいそうな位置に。今までこんな体位で受け入れたことのないティアは、怯えとも期待ともつかない息を吐いた。

腹の奥がジンジンして、硬いもので支配されたがっている。彼を迎え入れようと、ティアの局部は涎《よだれ》を垂らしていた。

愛する男と繋がることしか考えられず、逸る思いは理性を易々《やすやす》と食い荒らす。

辛うじてティアを押し留めているのは、カリアスにみっともなく思われたくないため。だから彼が陶然と微笑み、「もっといやらしい君が見たい」と囁いてくれれば、もうこれ以上堪えられなかった。

「あ……っ」

こちらの腰を掴み、引き下ろす力に従う。

ゴッという衝撃と共に、最奥を激しく貫かれた。

「……っ、か……は……っ」

息が詰まってろくに声も出ない。目を限界まで見開いて、ティアは激しすぎる悦楽にひたすら耐えた。意識を飛ばさないでいるのが限界。

媚薬で強制的に高められていた身体を焦らされ、渇望が飽和しそうなところでようやく与えられた剛直。それが己の中にある。

まだ動いていないのに、濡れ襞が勝手に屹立をしゃぶってやまない。きゅうきゅうと締め付け、扱いているのが自分でも分かった。それらは全部、意思とは無関係な反応。

本能が駄々洩れの、淫らなお強請《ねだ》りだった。

「……っ、キツイ」

「あ、ぁ、動いては駄目……です……っ」

「私はちっとも動いていないよ。ティアが自ら腰を振っている自覚がない？」

言われて初めて、自分がたどたどしく揺れていることに気が付いた。快楽を貪ろうと、腰をくねらせている。淫路を締め付け、カリアスの楔を咀嚼《そしゃく》していた。

「や、やだぁ……っ」

恥ずかしい。けれど止められない。上手くいいところに先端が当たらず、もどかしい。もっと深く咥え込み荒々しく動けばいいのかもしれないが、そこまでの勇気は絞り出せなかった。

「私は大歓迎だ。どんなティアでも魅了される。他にはどんな顔を隠している？」

「か、隠してなんて……っ」

「とにかく今夜は驚いたな。でも悪くない。充分楽しめたから、礼をさせてくれ」

「お礼……？」

そんなもの望んでいないが、快楽に蝕《むしば》まれた頭では、ティアに適切な返答は難しかった。

「やっぱり私はティアが気持ちよさそうにしてくれている姿が見たい」

「え、あ……っ」

鋭く突き上げられて、ティアの身体が一瞬浮いた。だが直後に重力に従って落ちる。自重のせいで思い切り串刺しにされ、あっという間に絶頂に押し上げられた。

「ひ……ッ」

「今度はこちらが奉仕するよ」

「ァっ、あ、あああッ」

蜜液が攪拌《かくはん》され、泡立ちながら溢《あふ》れ出す。媚肉を叩かれる度に聞くに堪えない音が鼓膜を揺らし、余計に官能が高まった。

隘路をゴリゴリと摩擦され、内側から作り替えられてしまう。ティアの蜜襞は、すっかりカリアスの淫杭に歓迎の意を示していた。

「はぅッ、ぁ、あんッ」

揺れる乳房の頂からも汗が散り、絡みつく服のせいで一層暑い。いっそ全部脱ぎ捨ててしまいたくても、快楽の坩堝《るつぼ》に落とされたティアには無理だった。

振り落とされないよう彼にしがみつき、まるで自分から胸を擦り付けているようだ。

動かれる度にカリアスの繁《しげ》みに花芽が摩擦され、愉悦が大きくなる。何度も最奥を抉られ子宮を揺らされて、考える力が削られてゆく。貪欲に喜悦を求め、彼の動きに合わせて蜜窟を締め付けた。

「ぁ……ああ……ッ」

対面で抱き合っているため、快楽で歪んだ顔も、だらしなく喘ぐ姿も全て見られている。

みっともない全部を曝《さら》け出して、ティアはカリアスを求めた。

硬い肉槍は、容赦なく蜜壁をこそげて愛液を掻き出す。今更ながら、下着を身に着けたままであることを思い出した。きっと今頃見るも無残に濡れ、今後着用は難しいかもしれない。侍女やばあやにも何と思われることやら。

だがもはや止まれず、ティアは絶頂への階段を駆け上がった。

「んぁッ、ァ、あああッ……」

目も眩む法悦で、身体は子種を欲していた。愛する人の子を孕みたいと子宮が下りてきているのが分かる。突かれる度に自分が淫らになってゆく。

夢中で四肢を絡ませ合い、一番感じる場所へ彼の切っ先を導き、懸命に腰を振った。もっと自分に溺れてほしい。叶うなら、絶対に手放したくないと今後も熱望してもらえるように。

そんな祈りを込め、ティアは彼にしがみついた。

「ぁ……あァああ……ッ」

体内に吐き出される白濁が心地いい。ティアを内側から染め上げる。一滴も無駄にしたくなくて、腹の奥をキュッと締め付けた。

「……っく」

カリアスの吐息で首筋が炙られ、それすらも官能の糧になる。

湿った呼気を奪うキスを繰り返し、一時も離れまいとティアは両腕で彼の背中を弄った。

やがてカリアスの楔がティアの中で再び首を擡げる。媚薬の影響は抜ける気配もなく、それどころか強欲な欲求が増しただけだった。

「今夜は全く治まらない……っ、ティアもう一度……」

「は、い……カリアス様……いくらでも……」

同じ体勢で共に揺れる。長い夜は終わる気配もなかった。

◇◇◇◇◇

足繁く寵妃の元へ通う王を歓迎する意見もあれば、苦々しく感じる者もいる。

まして己の一族から正妃を出す野望を抱いていた者にとって、ぽっと出の『田舎姫』にその座を奪われそうとあっては、面白くないに決まっていた。

禁欲的だった若き王が女に興味を持ってくれたのはいいことでも、何も利益をもたらさない相手では、価値がない。むしろ邪魔になるだけ。

そんな思惑を隠そうともしない面々に、カリアスはうんざりとした視線を向けた。

ただし表向きは平然とした態度を崩さない。

ここで怒りに任せて振舞えば、彼らに付け入る隙を与える。己の弱点を晒すのも同然だ。ティアを守るため、『強く冷酷な王』を演じるのは不可欠だった。

——疎んでいた父上を積極的に模倣しようなんて、以前は考えもしなかったな……

玉座に傲岸とした態度で座り、居並ぶ臣下を睥睨《へいげい》すれば、皆一様に表向きは従順に首を垂れている。腹の中では、経験の浅い王をどう操れるか模索しているであろうに。

しかし先王の残忍さを真似るのは、それなりに効果があった。

若輩者とカリアスを舐めつつも、彼らは未だ先王の影に怯えてもいる。姿かたちも気質も似ている息子が、同じように気に入らない臣下を粛正しだす可能性を捨てきれないのだ。

――本当の私は、父とはまるで違う人間なのに……愚かなことだ。

カリアスは血の臭いを好まないし、不必要な領土拡大にも興味がない。そんなことよりも国内の生産力や輸出を強化し、他国とはいい関係を築くべきだと考えている。もはや国の都合で人々が殺し合い奪い合う戦乱の時代ではないのだ。大事なのは、力よりも対話。

だが、僅か十年前は状況が真逆だったのも事実。

カリアスの父である先代は、強い指導力と明晰《めいせき》な頭脳を持ち合わせていたが、それ以上に好戦的で己に対立する者を許さなかった。

幸いと言うべきか、国の舵取りで大きな失策を冒さなかったため、アレイサン国は周辺諸国を制圧し強大な国家になり得たのだ。故に、貴族らはそれなりに甘い汁を啜《すす》ったはずである。

属国から当然の顔をして賄賂を受け取り、便宜を図る。いくら優れた君主であっても、国として規模が拡大すれば、隅々まで目を行き届かせるのは至難の業。

すると配下の者へある程度の権限が委譲され、次第に詳細な報告は入らなくなるものだ。国が肥大化し支配地域が増えれば、自然と彼らの懐《ふところ》が潤うという寸法である。

貴族たちは、王が代替わりしてもその特権を手放す気はないらしい。

まるでアレイサン国に寄生する害虫だ。民や国家の未来など何一つ考えていない。ひたすらに欲深く醜悪だった。

煩わしいのは、そういう者たちを軒並み排斥するのが難しい事実だ。

――世襲だと？　馬鹿げている。本音では、家柄とは無関係に優秀な者を登用したいところだが……

役職に就く貴族ら全て首を挿《す》げ替《か》えれば反発が訪れ、国の根幹が揺るがされる。大きな変革には時間と根回しが必要だった。痛みが伴うのは覚悟していても、そのツケを民に支払わせるわけにはいかない。影響は最小限に抑えなくては。

そこでカリアスは性急な改革を諦めて、まずは金食い虫である後宮を縮小し、いずれは解体する方策を練ったのだ。王族の外戚となり権力をふるいたい者たちを互いに牽制させ、その隙に自らの力を蓄える思惑もあった。

女嫌いだ、男色だと陰口を叩かれても気にしない。

その程度の中傷で彼らの身動きを封じられるなら、上々だ。『忙しい』『国庫を満たす』と主張すれば、自身の娘を後宮に捻《ね》じ込《こ》みたかった貴族共を黙らせ、抜け駆けできぬよう監視し合わせる効果もあった。

ついでに『あくまでも今は』と述べ、将来的には変わる期待を抱かせ続ける。

永遠に訪れない『いつか』を卑屈な顔で待っていればいい。カリアスにとっては後宮など、百害あって一利なしなのである。四年の歳月をかけ、完全解体まであと一歩に迫った。

余計な出費がなくなれば、当然他へ回せる財源も確保できる。

他にも水面下で改革を行い、少しずつ自身の勢力を広げ、四年の間にどうにか最低限の目的は達成できたように思う。

我ながら、血の滲む努力だった。だからこそ、気まぐれな神も慈悲を垂れてくれたのかもしれない。

あの夜、息苦しさから逃れたくて深夜の散策に出たのは、本当に偶然だった。とにかく一人になれる場所を探し、部屋にいるのも苦痛で、目的なくさ迷い歩いた。

今思えば、奇跡。もしくは運命に引き寄せられた。

——ティアに出会えたのだから……

こそこそと隠れるように壁に張り付いて何かを見ていた彼女は、正直あまりにも不審人物だった。すわ暗殺者かと思ったほどだ。

しかし身のこなしが明らかに素人で、それはないとすぐに思い至った。

とは言え、油断はできない。何も知らなくても金を握らされ、間諜《かんちょう》として送り込まれてくる女もいる。念のため剣を突き付けて警告すれば、滑稽なほど動揺していた。

——今考えると、可哀相な真似をしてしまったな……

その時点で、『これはよからぬ目的を抱いてはいないな』と察したものの、ならばこんなところで深夜に何をしていたのか不可解でならなかった。

カリアスは、基本的に自らの目で確認しないと安心できない。そうやってこれまでも様々な危機を回避してきた。

戦場では一瞬の判断の誤りが命取りになる。だからこそ、怪しい女の正体をきっちりと確かめようと決めたのだ。それが自身の未来を大きく変えるとは思いもせず。

——あの夜は本当に驚きの連続だった。とっくに無人になっていると思っていた水晶宮の裏手に、知らないうちに薬草園が誕生しているとは……それも完成させたのがいないはずの『後宮の女』だなんて。

想定外のことばかりで唖然としたのは、言うまでもない。

話の途中でティアの素性には薄々勘づいたものの、とても信じられなかったのだ。

しかし語り合う間に、カリアスの心はどんどん救われていった。

交わした言葉はそう多いものではない。それなのにずっと色褪《いろあ》せていたカリアスの世界がティアと会話するうち、どんどん色鮮やかなものへ変化した。

彼女はこちらの事情なんて知る由もなく、深い意味はなかったのかもしれない。それでも、カリアスにとっては掛け替えのない一夜だったのだ。

ティアのおかげで、己を縛っていた呪縛から解き放たれ、長い間抱いていた『いつか父と同じ冷酷で不誠実な人間になってしまうのでは』という怯えを『馬鹿々々しい』と今は割り切れる。

どんなに高名な聖職者にも、博識な教師にも、信頼する友人にもできなかったことだ。

短い時間でティアが成し遂げた偉業は、おそらく彼女自身無自覚だろう。今後も知ることはないし、それでいい。

その上、あの夜ティアはカリアスの正体には気づかなかったらしく、親切にも沢山の茶葉などを譲ってくれた。無防備に笑いかけ、『また会えたら嬉しい』とまで言ってくれたのだ。

つい先刻自分を殺しかけた人間に対し、お人よしだ。思い出すとつい笑ってしまう。

これまでカリアスが出会った女性の中にはいない、純真で飾り気のない人。それでいて気高い夢を持ち、努力を惜しまない女性。辛い境遇にあっても決して諦めず、自分にできる生き方を模索する強さもある。身分を鼻にかけることなく、己を過剰に憐《あわ》れみもしない。

惹かれずにいるのは、無理だった。

カリアスはその夜、彼女と別れるなり、すぐさまティアを調べた。そして初めて、水晶宮に人が残っていることを知ったのだ。

優先順位が低い報告と見做し、目を通さず後回しにしていた書類の山の中で、彼女の存在はすっかり忘れ去られていた。よくもまぁ、あんな状況で不満も言わず荒《すさ》むことなく生きてこられたものである。その逞しさと忍耐強さに感嘆した。一刻の王女の胆力とは到底思えない。

心が震え、カリアスは己の口から漏れ出る笑いを堪えられなかった。

——見つけた。

そう思い、無意識に胸元を掴んだ。

やっと、自分の伴侶として隣に立てるだけの器を持った女性を。それでいてカリアスを癒してくれ、守ってやりたいと切に願える相手を。身分なんて関係ない。

ティアを逃せば、こんなに素晴らしい女性に今後出会えるとは思えなかった。

どんな賢女や美女を連れてこられても物足らないに決まっている。彼女の足元にも及ばない。

ティアを手に入れられるなら、あらゆる苦難も乗り越えられる。

だがまずは彼女の心を掴まなくては。

後宮の決まり事である、『王の手付きにならないまま五年経過した女は、お役御免』まで残り日数は僅かだった。ギリギリ間に合うこの時点でティアと巡り会えたのは運命だと信じ込む。

ならば逃げられないよう外堀から埋めるのみ。

ティアが生国へ帰りたがっていることは、彼女の行動から明らかだった。王の寵愛など、微塵も欲していないのだ。むしろ迷惑くらいに考えていても不思議はない。

そんな女をどうすれば自分の元へ引き留めておけるのか。

強引かつ卑怯《ひきょう》な真似をした自覚はある。騙し討ち同然だ。しかしこちらにも余裕はなかったので、許してほしい。あらゆる手立てを講じ、半ば無理やりアレイサン国での滞在を延ばすことをティアに同意させ、ほくそ笑んだのは秘密である。

どうにか時間を稼いで、その間に彼女の好意を得られたことに、感謝したい。

——本当は今すぐにでも正妃に迎えたいが、焦ってはならない。貴族共に彼女を認めさせるには、充分な準備が必須だ。

彼らの反発を抑えるには、まだカリアス自身の力が足りない。下手に動けば、足元を掬《すく》われる。中には、ティアを狙ってくる不届き者も現れかねなかった。

——早く彼女が望むように薬草園へ自由に出入りできるようしてやりたいが……ティアの身に危険が及ぶ可能性がある限り、許可を出すのが難しい。

万全を期すには時期尚早。あともう少し王城内で権力の均衡を整え、害虫共を駆除しなくては彼女を守り切れないと思った。

あの笑顔を陰らせたくない。だからこそカリアスは、煩わしい貴族たちを牽制するため、あえて先王の真似をするのも厭わなくなっていた。

恐怖政治をする気はないが、勝手に想像し身構えてくれるなら、それもいい。

疚しい裏がある者こそ疑心暗鬼に陥ってくれるだろう。いつか自分が粛清される可能性に怯え委縮するなら、大歓迎だ。

カリアスは傲然と顎をそびやかせ、わざと気だるげに貴族らを眺めた。

選ばれた家門の当主だけが出席できる、貴族会議。あらゆることがこの場で決められる。

国の行く末、税に関すること、新たな法や国境での諍《いさか》い、宗教に関することも。

出席者の力関係によって是非が決まる。分かりやすい権力構造だった。

「――で？　私の婚姻が急務であると、そなたは主張するのだな？」

「さようでございます、陛下。最近は国内が落ち着き、そろそろ慶事を発表して更なる飛躍と安定を求めるべきではありませんか？」

侯爵であり、宰相の座に座る男が真面目な顔を装って厳かに告げた。

見事な口ひげで顔の下半分は隠されているが、おそらく下卑た笑いを浮かべているのではないか。男が自らの孫娘をカリアスの正妃に据えようと目論《もくろ》んでいることは把握済みだ。いずれこんな提案をしてくるのは想定していた。

思ったよりも遅かったなと、こちらとしては意外だったくらいである。

大方、ティアの登場で出鼻を挫《くじ》かれ、切り出す機会を逸していたのだろう。

「素晴らしいご意見です、侯爵様。我が国の威信を示すことにもなりますし、何より陛下には揺るぎない後ろ盾が必要です」

――ティアでは私の力になり得ないと言いたいのか。

侯爵に追従するように、早速身を乗り出す者が現れた。大きく頷きながら援護射撃するつもりか、したり顔で同意する。

「近年は平和や安定を優先し、我が国の恐ろしさを各国へ知らしめる機会が減りましたしなぁ。国内が以前よりさらに盤石であると喧伝《けんでん》しなくてはなりますまい」

「ほう？　まるで侵略戦争をしたがっている意見だな。そなたは確か、直近の戦争では兵を出し渋り、税の免除まで求めていたと記憶しているが。そこまで言うからには次回は率先して私財を擲《なげう》つということか？」

カリアスは父の声音を真似、皮肉げな口調もなぞった。

すると如実に彼らが身体を強張らせ、視線を逸らすではないか。「そういう意味ではございません」「お戯れを」と愛想笑いまで浮かべる始末だ。

――分かりやすいな。自分たちは身を削る気がないのに、餌がほしいとは。

「んんっ、せっかくですから平和な間に王室も確固たる基盤を整え安寧を求めるべきであると、皆は言いたいのですよ、陛下」

妙な空気になりかけたのを、咳払《せきばら》いで侯爵が話題を戻した。

流石はカリアスにとって一番の障壁。この程度で引き下がるつもりはないらしい。

「その基盤とやらが、私の婚姻だと？」

「左様にございます。やはり家と家の繋がりは大切でございますからね。異国と姻戚関係を結ぶのもいいですが、現在我が国の王家には妙齢の姫君がいらっしゃいません。であるならば陛下が国内を固めるべきかと存じます」

先王は常軌を逸した色狂いだったが、無計画に種をばら蒔《ま》くことはしなかった。

あちこちで子どもをこさえれば、いずれ後継者争いの火種になる。それは分かっていたらしい。

故にあれほど女を囲っていながら、無事成人した実子はカリアスのみ。後は生まれてもすぐに命を落としている。

——あの父上のことだ。裏で手を回し間引いたに決まっている。私のことも後継者として適正なしと判断していれば、平気で殺して他に息子を生ませただろうよ。

そんな父親の思考が読めることにも、うんざりする。似たくないと思いつつ、理解ができる。そういう自分が嫌で堪らなかった。

——ああ、早くティアに会いたいな……いつまで腹立たしい貴族共の顔を見ていなくてはならないんだ。時間の無駄だ。

ズキズキと頭が痛む。さりげなくこめかみを揉みながら、カリアスは侯爵を中心とする『貴族派』を観察した。

——どうやって彼らの意見を抑え込むか。そろそろ時間稼ぎも難しくなってきた。だが、どうなったとしても、私がティアを手放すことは絶対にない。

それだけは断言できる。彼女がいなければ、カリアスはもはや呼吸すら上手くできないのだ。ティアに出会う前、自分がどんな風に生きてこられたのか、もう忘れてしまった。

誰かがカリアスから彼女を奪おうとするなら、その際には血の雨が降るだろう。

父よりも残酷に、国中で粛清の嵐を吹き荒らす。精々若輩者と侮ったことを後悔するがいい。自らの過ちに気づいた時には全てが遅い。

「……正妃選びは緊急性が高いとは言えないな。それよりも、南部の干ばつに関して話し合う方がよほど重要だ。今年はまだしも来年に大きな影響が出るのは避けられない。今から対策を練っておくべきだ」

「勿論その件も大事でしょう。ですがだからこそ、陛下の結婚を急いだほうがいいとも言えましょう」

「どういう意味だ?」

今日はいつも以上にしつこい。どう話題を変換しても、強引に引き戻されてカリアスは苛立ち始めた。

「来年は税収入が減りますし、対策をとるにあたり出費も嵩《かさ》みます。それならば今年中に婚姻し経費を確保すべきです」

「おお！　これはこれは、侯爵様のおっしゃる通りですな。陛下の結婚を先延ばしにしては、資金の問題で数年は盛大な式を挙げられなくなってしまいます」

「……私は過剰な式を挙げるつもりはない」

「いいえ、いけません。国の威信をかけて失敗は許されませんよ。戦争によって国力が削《そ》がれたなどと他国から誹《そし》りを受けては恥どころの話では終わらないでしょう。未だ隙あらば我が国へ攻め入ろうとしている国もありますからね」

国を憂えている振りをしながら、その実『どう立ち回れば己の利益になるか』しか考えていないのが透けていた。

馬鹿げた茶番に付き合うのはそろそろ限界。こちらの忍耐力にも限度がある。

――いっそ一度わざと声を荒げて、耳を傾ける価値のない意見を封じようか……これ以上調子に乗らせては後々面倒だ。

だが、カリアスが息を吸い込んだ刹那。

「――陛下、ティア様が民らにどう言われているか、ご存知でしょうか？」

これまで彼女の存在を丸ごと無視していた侯爵が突然ティアの名前を出したので、カリアスは思わず瞠目《どうもく》した。

いったい何が言いたいのか。警戒心と怒りで視線が尖《とが》る。

しかし極力動揺を露わにせず、カリアスは椅子の背もたれに背中を預けた。

――侯爵がティアの名前をまともに呼んだのすら、これが初めてじゃないか？　いつもは『例の』『後宮の』などとふざけた呼び方をするくせに……ひどい時には『田舎姫』と陰で嘲笑《あざわら》っているのも知っているぞ。いったいどういうつもりだ。

「興味がないな」

「それはいけません。王たるもの民の声には常に耳を傾けなくては……それに国民は皆、陛下を案じていらっしゃるのですよ。陛下が選ばれる女性は、いずれ国母となられるのですから」

言外に滲む悪意に、苛立ちが爆発しそうになった。

いっそ感情のまま『黙れ』と怒鳴り散らせたら楽になる。けれどそうしないだけの理性は辛うじて残っていた。

「民はティア様を『モグラ姫』『不幸ぶって男心を惑わす悪女』と噂しているそうです。ああ、勿論私はそのように考えたことなんてありませんよ。あくまでも国民が言っているのです。不安感と陛下への忠心からの言葉ですから、どうか大目に見てやってください」

さも取り成す素振りを演じながら、下品な本音は隠せていなかった。

――モグラ……？　悪女だと？　田舎姫よりももっと聞き捨てならない侮蔑だ……！

許し難い。カリアスの中で、目の前の男を斬り捨てたい衝動が一瞬で湧いた。貴族会議の場に帯剣できないことが、これほどもどかしかったことはない。

しかし悔しいけれど、痛いところを突いてくるとも思った。

カリアスにとって貴族たちの意見など心底どうでもいいが、民の声は別だ。絶対に無視はできない。王がいるのは国があり、そこに国民が存在するから。決して王のために人々がいるわけではないのだ。故に、彼らの思いや願いから目を背けることはできなかった。

――惑わされるな。侯爵が言っていることが全て真実とは限らない。……全部偽りとも思えないが――ティアを快く思わない国民もいるだろうことは、想定していたではないか。

それでも、彼女を選ぶと決めたのだ。困難は覚悟している。

――民には時間をかけ理解してもらう。その責任は私にある。だからこそ、外野に口出しされるのは業腹だ。

いい加減こちらの忍耐力を試す真似はやめろと言いかけ、不意にカリアスは考えを翻した。その上で逆に口角を緩める。

瞬間、場の空気が一気に引き絞られた。

——父は機嫌が悪い時、よくこんな顔をしていた。それは彼らもよく覚えているらしい。

「貴重な意見交換ができたな。だがそろそろ終わりにしよう。皆も多忙であろう？」

「へ、陛下！　まだ話は終わっておりません。今後のためにせめて王妃選びの予定だけでも立てなくては……！」

「そうですぞ。まずは相応しい令嬢を集めなくてはなりません」

「最高の正妃を迎えたのち、お好きなだけ後宮に気に入りの女を侍らせればよろしいのです」

好き勝手なことを口々に宣われ、カリアスの我慢は限界に達した。

遠回しに、『ティアは側妃にすら値しない』と言いたいようだ。後宮の片隅に住まわせれば充分。気が向いたときに愛玩し、囲っておけばいいと。その他大勢の一人に過ぎないと。

——言わせておけば……

それまでは辛うじて抑えていた殺気が駄々洩れになる。

勢いよく席を立った反動で、無駄に豪奢な椅子があっけなく後ろに倒れた。

激しい音が議場内に鳴り響き、束の間の静寂が落ちる。いくら先王に生き写しでも、息子はそこまで苛烈ではないと踏んでいた者たちは、息を呑んで硬直していた。

チリチリとカリアスの肌が騒めく。頭髪は今にも逆立たないのが不思議だった。

しかし自分の顔には、憤怒の色が浮いていない。赤くなってもいなければ、怒りのあまり歪んでもいなかった。

ただ無表情。恐ろしいほどにあらゆるものが抜け落ちていた。

「へ、陛下……?」

「次にこの場で口を開いた者は、我が意に背いたと見做し、処刑する」

父親ですら、ここまで理不尽ではなかった。それにある意味立腹する要因が分かりやすく、今いる重鎮たちは上手くそれを躱すことで地位を守ってきたのだ。

だがカリアスの突然の激昂《げっこう》に、居合わせた貴族らは絶句していた。

静かに漂う冷酷さ。狂気。そして威圧感。どれもこれも先王と比較するとやや足りない、劣っていると侮っていた資質。それらが驚異的な圧を伴い、貴族派の面々に襲い掛かった。

少しでも動けば、首が落ちる。そう思わせるには充分な威力で。

「——本日の会議はこれで終了だ。私は疲れた。これ以上煩わせるな」

それだけ言い捨てて議場を後にするカリアスを、呼び止められる者は一人もいなかった。

第五章　忍び寄る災禍

「ばあや、大丈夫？」

「ええ、ご心配をおかけして申し訳ありません、ティア様……ああ、口惜しい。私も寄る年波には勝てません」

ティアは辛そうに横たわるばあやの腰を撫でてやった。

このところ仕事量が減って負担は少なくなったものの、その分体重が増えてしまった彼女は、先ほど重いものを持った拍子に動けなくなってしまったのだ。

長年の無理が祟《たた》ったせいも否めない。ティアは極力自分でできることはこなしてきたが、ばあやの手助けに頼っていた部分もある。深く反省しつつ、痛みに呻《うめ》く老女の腰を摩り続けた。

――そうよね……ばあやはもう、とっくに引退してもおかしくない年齢だもの……悠々自適な老後を送らせてあげられなくて、ごめんなさい……

心の底から申し訳ない。荷物くらい、ティアが持ってやればよかったのだ。もしくは別の若手に任せるべきだった。

——今更言い訳にしかならないけど、ばあやは年寄り扱いされるのが嫌いで、何でも率先して動いてしまうから……でも本当は私が止めなくちゃならなかったのよ。

これからはもっと彼女を気遣おう。そう心に決め、ひとまずは腰の痛みに効く薬草を煎じようと思い立った。

——あれを布に浸して患部に貼れば、痛みが和らぐはずよ。

医師に診てもらうのが一番いいのだろうが、ばあや自身が嫌がったのだ。王城に出入りするアレイサン国の医師は男性しかいない。

いくつになっても女は女。特にばあやの世代では、家族ではない男性に素肌を晒し身体に触れられることに、強い抵抗感があるらしい。

命に係《かか》わる病でもない限り、『医師なんて大げさ』だとばあやは言って譲らなかった。おそらく、『年寄りだと思われたくない』矜持《きょうじ》もあるのかもしれない。

——仕方ないわ。本人が嫌がるのに無理強いはできない。

そこで効き目は医者の薬に及ばずとも、ティアが育てた薬草で何とか改善させようと思ったのである。

「あ……材料が足りないわ……」

目当ての薬草は丁度切らしていた。空の瓶を抱え、ティアは落胆する。これでは湿布を作れない。他の材料で代用できないか調べるため文献をあたったけれど、やはり目的の薬草が不可欠のようであった。

——困ったな。でもこの季節なら、薬草園には生えているはず。誰かに頼んで取ってきてもらおうかしら？

しかし当の葉は、見分け方が非常に難しいのだ。一見すると、隣に植えてある別物と間違えてしまう。生育具合も重要で、薬として活用できる見極めは一筋縄ではいかない。

どちらもそれなりに貴重な種であり、無駄にしたくなかった。

——自分で採りに行こうかしら……いや、でも……

迂闊なことをして、カリアスの迷惑になりたくない。ティアは、彼が自分を守ってくれていることをよく分かっていた。金剛宮の中にいれば無風でも、外では強い風が吹き荒れているのは、想像に難くない。だからこそ彼はティアが出歩くことに制限をかけているのだ。

——今夜カリアス様がいらした時にお願いしてみようかしら。だけどばあやが苦しむのは見ていられないわ。腰を痛めた場合は、早めの処置が大事なのよ。

色々考え、しばし悩む。

結論は、『誰かに採ってきてもらう』だった。無謀なことはできない。

最悪薬に適さないものを持ってこられたら、謝ってもう一度行ってもらうしかない。

そこで数いる侍女の中で、ティアはミラに声をかけた。彼女は年が近く明るい性格なので、ばあやを除けば最もティアと仲がいい。お願いごとをするには、誰よりも気が楽だった。

「申し訳ないのだけど、この薬草を採取してもらえるかしら？」

図鑑に描かれた絵を見せつつ、ミラに告げる。彼女は快く頷いてくれた。

「かしこまりました。すぐに行ってまいります」

「ありがとう。余計な仕事を振ってごめんなさい」

「とんでもない。ティア様に誠心誠意お仕えするよう陛下から言われております。それにお優しいティア様付きになれて、私たちは幸運だといつも言っているのですよ」

世辞だとしても嬉しい。ティアは心から感謝を述べた。

「ミラがいてくれて助かったわ。でも……今日は何だか顔色が悪くない？　もし体調が辛いのなら別の人に頼むし、休んでいいのよ」

いつも通りミラはキビキビと動いているが、心なしか顔が青白い。それが気になって、ティアは首を傾げた。

「あ……平気です。病気ではありませんので、ご心配なさらず。その、まだ医師に診てもらっていないので確実ではないのですが……私、妊娠しているかもしれなくて……」

「えっ、そうなの？　だったら尚更安静にしていないと！」

彼女の夫は、カリアスの護衛でもある。非常に仲睦まじいと評判の夫婦だった。

だがまさか、腹に赤子がいるかもしれないとは。

ティアは驚き、未だ平らなミラの腹を見つめた。

――いいな……あやかりたいわ。だけど侍女の仕事をしていて大丈夫なのかしら？

「無理はしないよう気を付けております。ティア様のお世話に支障をきたさないようにいたしますので」

「そんなことちっとも気にしていないわ。ミラに元気な赤ちゃんを産んでほしいだけ。もし休みが取れないなら私から話を通してもいいのよ？」

「いえ、滅相もありません。夫と話し合って、ギリギリまで働かせいただくつもりです。それに妊娠は確定ではないので、まだ誰にも話していないのです。もう少し経って医師の診察でハッキリする時期になったら、改めて報告いたしますね」

「そうなの？　でも心配だわ……薬草園には他の人に行ってもらうから、ミラは休んでいて」

妊娠初期は何かと身体が辛いとも聞く。仮に身籠っていなかったとしても、そういう症状があるからミラは『もしや』と考えているのではないか。ならばどちらにしても絶対に無理は禁物だと思った。

「適度に休憩は取っておりますので、ご安心ください。それに外の空気を吸えるのはありがたいです。薬草園との往復は、丁度いい運動になりますし」

後宮勤めの侍女たちは、基本的に昼間は金剛宮から出られない。『外出できるのは幸運』だとミラは続けた。

「ここには男性がいませんし、私は侍女の中では若いので、何かと重い物の移動などを任されがちなんです。ですから散歩がてら薬草園へ行かれるのは大歓迎ですよ」

「そう言ってもらえると、気が楽になるけれど……」

「ですから、是非お任せください」

笑顔で言い切られ、大変心強い。結局ティアはゆっくりでいいと告げ、ミラにお使いを頼んだ。彼女ならば目的のものを摘んできてくれるはず。これで一安心――と思ったのだが。

――まだ帰ってこないわ……もう日が沈むのに……

外は茜色《あかねいろ》に染まり始めている。こんな時間までミラが戻ってこないのはおかしい。途中で何かあったのではないか。もし何らかの急用が入って、そちらを優先しているなら構わない。けれど音沙汰もないのが不気味だった。

――こんなこと初めてだわ。カリアス様が私のために選んでくださった侍女たちは、全員優秀で人柄のいい人たちばかりだもの……特にミラは仕事熱心で親切な女性なのに。

絶対に無断で姿を消したり、言いつけに背いたりしない。

だからこそ時間が過ぎるほど心配になってきた。

――もし危険な獣が出たとか、薬草で肌が爛れたとかだったら、どうしよう……

ごく稀《まれ》に、一般的な植物であっても体質に合わないのか、触れると肌荒れどころか呼吸に支障をきたす人もいる。よもや彼女がそうであったらと想像し、罪悪感と不安が込み上げた。

――私ったら、ばあやの心配をするあまり、ミラのことまで想像が及んでいなかったわ……

彼女、妊娠している可能性があると言っていたじゃない。そのせいで具合が悪くなったのだとしたら――

気になり過ぎて、先ほどからティアは時計ばかり確かめていた。

――連絡がないということは、人目につかない場所に倒れている可能性もあるんじゃない？

ひょっとしたら薬草園で……

思い至った考えにゾッとした。

もしそうなら、しばらく誰にも見つけてもらえない。薬草そのものが原因であれば、すぐ引き離して処置しなくては危ないし、放置されれば死に至る危険性もあった。

――ものによって、妊婦には好ましくない植物もある。その近くで倒れたりしたら……

「大変だわ……っ」

ここはやはり、誰かに見に行ってもらうか、自ら足を運ぶべきか。ティアが拳を握り締めたその時、突然部屋の外でバタバタとした空気が流れた。

「早く人を呼んできて！」

「いえ、こっちから連れて行った方が早いわ！」

「とりあえず、ミラが横になれるようにしてちょうだい！」

声を荒げているのは、どうやらいつもティアの世話をしてくれている女性たちだ。

普段は物静かな彼女たちが慌てふためいている気配に、ティアは驚いて扉を開けた。

——いったい何？　ミラって聞こえたような……

部屋から勝手に出ることは許されていない。それでも異様な雰囲気が漂ってきて、様子を窺わずにいることは無理だった。

「ティア様……！　扉を開けてはいけません！」

「えっ、ごめんなさい」

まさかこっそり廊下を覗《のぞ》いただけで叱られるとは思わなかった。その程度なら、これまでにも用事があって侍女に声をかけたい時にしていたからだ。

「あ、あの……私数時間前にミラに頼みごとをしたの。それで彼女の名前が聞こえたから気になって……何かあったの？」

「……ミラは高熱を出して倒れました。どうにか自力で金剛宮へ戻ってはきましたが、現在意識を失っております」

「……えっ？」

ティアは自身の危惧が的中してしまったのかと、血の気が引いた。

最悪の可能性に言葉も出てこない。まさか、と口内で繰り返し己のせいだと自分を責めた。

「薬草の拒絶反応……？」

どうにか絞り出した言葉はそれだけ。しかし侍女の返事は予想外のものだった。

「いいえ。発疹《ほっしん》や高熱……短期間での異様な重篤化……アレイサン国に昔からある流行《はや》り病です。この数年は王都で見なかったのに……ですからどうかお部屋から出ないでくださいませ！」

愕然とし、ティアは双眸を見開いた。その間に、やや強引に扉は閉ざされる。

優秀な侍女たちは、主の身を守るため隔離しようとしてくれたのだろう。その気持ちはありがたい。けれど、室内に一人取り残されたティアは呆然《ぼうぜん》としたまま立ち尽くした。

――流行り病……？　ミラは薬草園に行く前から顔色が悪かった……いつ罹患《りかん》したの？　いいえ、そんなことよりお腹《なか》の子は……っ？

彼女に妊娠の可能性があることを知る者がどれだけいるのか。治療を受けるならば、服用できない薬だってある。到底黙っていられないと思い、ティアは扉を開き廊下へ躍り出た。

「待って！　もしかしたらミラはお腹に赤ちゃんがいるかもしれないの！」

ティアの言葉に、その場が凍り付く。皆、戸惑いの表情を浮かべていた。

「――……ティア様、重要な情報をありがとうございます。ですが即刻お部屋に戻ってくださいませ。そして可能な限り外部との接触を断ち、窓を開けるのもお控えくださいませ」

最も年嵩《としかさ》の侍女長が深く腰を折って丁寧に告げる。

彼女は流行り病に怯えているのか、その手は小刻みに震えていた。

――そんなに恐ろしい病なの……？

チェッタ国にも定期的に流行る病はある。だが山間に位置し、さほど外部との接触がなかったためか、皆が戦々恐々とするようなものではなかった。

精々熱を出して数日寝込む程度のもの。悪化するにしても、高齢者や乳児でないなら、安静にして水分をしっかりとってさえいれば問題ない。

——だけど侍女長の様子を見る限り、そんな簡単な話ではないわ……

廊下を駆け回っていた他の侍女は、口元を布で覆っていた。窓を開けるなと忠告されたことからも、空気感染するのかもしれない。

——まして王都には人が密集している……すぐに病が広がってしまうのではないの？

ティアは無意識のうちに自らの腕を摩った。

恐怖がひたひたと忍び寄っているのを感じる。けれど、呆然と立ち尽くすだけ。

無力さに打ちひしがれて、一歩も動くことは叶わなかった。

ミラは意識朦朧《いしきもうろう》としながらも、ティアが頼んだ薬草を持って金剛宮に戻って来たらしい。

それこそ大げさではなく、言葉通り必死で這って。

その忠誠心や責任感には舌を巻く。ありがたいと思うし、申し訳なくなる。ただ、その薬草は病気を媒介する恐れがあるとして、ティアの手に渡ることはなかった。

結果、ばあやの腰に関しては医師に委ねることとなり、今では快方へ向かっている。

けれどミラと流行り病に関して言えば、とても楽観できない状況が続いていた。

「……そう。今日も一人発病したのね……」

金剛宮では通いの勤務が禁止され、感染していない侍女は全員泊まり込みで仕事をしてくれている。外部との接触を断ち、完全隔離状態だ。しかしそれでも日毎に罹患者《りかんしゃ》は増えていた。

「……これで、もう六人目ね……」

感染力が桁違いに高い。侍女たちは全員、手足の消毒は勿論、毎日服を煮沸消毒までしている。それでも僅か三日の間にボロボロと人は欠けていった。

病の症状が現れた者は皆速やかに治療を受けているとのことだが、完治したという話はティアの耳に入ってこない。

倒れた六人のうち一人として復帰のめどが立たないのである。むしろ聞こえてくるのは、芳《かんば》しくない噂ばかり。頭を抱えたい心境で、ティアは深く嘆息した。

――王城内ですらこれでは、市井の民はどうなっているのかしら……医者にかかれないくらい貧しい者だって大勢いるはずなのに……

考えれば考えるほど暗澹《あんたん》たる気持ちになる。今ティアの目の前にいる侍女長だって、いつ発病してもおかしくない。本人もそう考えているらしく、彼女の顔色は著しく悪かった。

――疲れも溜まっているに決まっているわ。人手が一気に足りなくなって、その皺寄《しわよ》せが侍女長にいっているのだもの……

「……私のことは放っておいて大丈夫よ。自分のことは大概できるの。だから貴女もちゃんと休息をとってね？」

「お気持ちだけいただきます。静養中のばあやさんの代わりには及びませんが、ティア様の御身は、私が必ずお守りいたしますので。もし何か行き届かない点があれば、遠慮なくおっしゃってくださいませ」

彼女に倒れられては本当に困るので休んでほしいのだが、現実問題金剛宮を仕切れる者は他にいなかった。宮の中に閉じ込められた形になった侍女たちは、誰もが不安を抱えている。外にいる家族を憂う者。閉塞感に喘ぐ者。先の見えない事態が、陰鬱な空気を作り上げる。以前は笑い声が響いていた金剛宮は、すっかり重苦しい沈黙に支配されていた。笑顔は消え去り、怯えが蔓延《はびこ》っている。

——ああ……何か私にできることはないかな……

こんな状況なので、カリアスも一切ティアの元へ通ってこない。当然である。国の一大事に女の元で現を抜かす君主などいない。

おそらく今頃は、寝る間も惜しんで流行り病の対応に奔走していると思われた。予算の捻出に医師や治療所の確保、治安の維持、するべきことは数えきれない。

彼はこういう場合人任せにする人ではないので、自ら最前線に立ち指揮を執っているのだ。故にティアは誰にも相談できていない。カリアスもばあやも傍にいない今、弱々しくふるまうことさえ憚《はばか》られる。ただでさえ侍女たちは不安定になっているのだ。

こんな時に主がべそべそと泣いてばかりいれば、誰しも危機感を募らせるだろう。これ以上皆を動揺させないよう、毅然《きぜん》とした態度を崩すまいとティアは決めていた。

「……ミラの容体は聞いている？」

「はい。……芳しくありません。高熱が下がらないのですが、やはりお腹に赤ちゃんがいる可能性があって強い薬を使えないのだとか……」

「一応、流行り病に効く薬はあるのね？」

「いえ、熱を下げるのを目的とした対症療法です。根本的なものではありません」

──未だ治療法も原因も見つかっていないなんて……

「症状は高熱と湿疹《しっしん》、意識障害なのよね？」

「はい。罹《かか》ればあっという間に悪化します。やがて食べ物や水を受け付けなくなり、昏睡《こんすい》状態に陥ったまま衰弱していきます……大半の者は十日もつかどうか……」

──恐ろしい病だわ……そんな病気、チェッタ国にはなかった。だとしたら、この国特有の原因があるの？

「最後に大流行したのは、二十年以上前です。ただその時には戦乱の最中でもあったので、正確な患者数は不明です」

「そう……」

二十年よりも以前であれば、アレイサン国とチェッタ国の間には、ろくに国交はなかった。ティアはまだ生まれてもいない。何も知らなかったとしても不思議はなかった。

「その時はどうして終息したのかしら？」

「申し訳ありません、存じ上げません。ですが、記録によると毎回夏前には猛威をふるわなくなるようです」

――アレイサン国はチェッタ国よりも温暖だわ。でも生息する動植物に大きな違いはない。毎年病が流行しないのなら、何が発動条件なの？

アレイサン国全体が混乱していることは、隔絶された金剛宮にいるティアにも伝わってきた。このまま安全圏でのうのうとしていていいのかと、毎日自問自答する。

自分一人こうして隔離され守られている。そのことがとてももどかしい。

――この国の国民ではなくても……いいえ、だからこそできることはあるのでは？

かつて生国で目にした、様々な病気の患者を思い出した。

湿疹が出る症状や、高熱に苦しめられるものもその中にはある。とは言え、重篤化せずに完治するものばかりで、参考にはならないかもしれない。

それでも両国に大きな違いがないのなら、何か手掛かりがないかと思ったのだ。

「……ミラには強い薬が使えないと言っていたわね。だったら、赤子にも飲ませられるものであればどう？」

「と、申しますと？」

「薬草よ。劇的な効き目はないけれど、服用しないよりはマシだと思うの」

何もせず手をこまねいてはいられない。ミラが発病してから既に三日。早ければあと一週間で命を落とす危険がある。しかも彼女は実質治療されていないのも同然だった。

「薬草……ですか」

「妊婦にも安全な熱冷ましなら、私が持っている材料で作れるわ」

ティアの言葉に一理あると侍女長は考えたのだろう。厳しい顔のまま小刻みに頷いた。

「ティア様のおっしゃる通りですわね。試してみる価値はあると思います」

「だったら、私をミラのところへ連れて行ってくれる？」

「ええっ？」

しかしこれは想定していなかったようで、彼女はとんでもないと首を横に振った。

「それはできません。外は危険です」

「でも病状をこの目で見ないと、正しい調合はできないわ」

自分は医者ではないので、診察なんておこがましいことは無理だ。それでも実際に患者と対面すれば、ここで話を聞くだけよりも分かることが多いに決まっていた。

「お願い。侍女長だってミラが心配でしょう？　カリアス様に話を通してほしいの」

最大限譲歩して、無断で金剛宮を抜け出しはしない。本音では今すぐここを飛び出したかったが、それは懸命に我慢した。

「お伺いしても、陛下は却下されるに決まっています」

彼がティアを溺愛しているのは周知の事実だ。そんな寵妃をみすみす危険に晒すはずがないと、侍女長が考えるのも当然だった。

「それなら、また別の手を考えるわ。でも……カリアス様は、駄目とは言わないと思う」

心配はするだろう。嫌な顔をして、思い悩むかもしれない。ひょっとしたら、しばらくは口をきいてくれなくなることだって考えられた。だがそれでも。

「私が心に抱いている夢を知っているから、妨げる真似は決して なさらないわ」

最終的には背中を押してくれる。そう、信じられた。

「……っ」

彼に対する絶対的な信頼を覗かせたティアに、侍女長が息を呑む。

短くはない迷いを示す沈黙の後、彼女は躊躇いつつも顎を引いた。

「……かしこまりました。陛下にティア様のお気持ちを伝えてまいります。ですが、すぐにご返事はいただけないかと」

「お忙しいものね。でも、ありがとう。貴女にも危険が及ぶかもしれないのに、頼みごとをしてごめんなさい」

手紙を届けるにしても、直接言伝《ことづて》に向かうにしても、金剛宮の外と接触を持てばその分流行り病に罹る危険は増す。

勿論宮に籠城していれば絶対に安全でもない。だが、不特定多数の人間に関わるよりは、よほど危険度は低かった。

「とんでもございません。ティア様がミラのために行動してくださること……大変ありがたく思います」

後半は、涙声に掠れてほとんど聞き取れなかった。それでもこの数日で痩せてしまった侍女長の肩が震えているのを見ると、彼女の思いは充分伝わってくる。

「泣かないで。大丈夫。アレイサン国では何度も同じ病が流行したのでしょう？　けれどこんなにも繁栄している。今回だって乗り切れるわよ。この国と人々の逞しさを信じましょう！」

根拠のない言い草だ。だがわざと明るく言った。少しでも深刻にならず、前を向けることを願って。

「左様でございますね。私としたことが、気弱になっておりました」

「仕方ないわ。どんな人間でも弱音を吐くことくらいあるわよ。私も無意識に侍女長へ頼っていたわ。ごめんなさい。今は私が金剛宮の主だもの。率先して皆を支えて守らなくちゃいけないのに」

ばあやがいない不安で、ティア自身も余裕がなくなっていたと自覚した。

「……身に余るお言葉です。私たちはティア様にお仕えできて本当に幸運でした」

「ふふ、ミラもそう言ってくれていたけど、お世辞でも嬉しいわ。一緒に、戦いましょう?」

今の後宮の中にはティアを『田舎姫』と嘲《あざけ》る輩はいない。しかし一歩外に出れば、全く違う世界があるのは容易く想像できた。この国に来て以来、ずっとそうだったのだから。

――でも、負けない。そんなことより今こそ踏ん張らないでどうするのよ? 私はずっと、薬草の知識で人々を救いたかったんでしょう?

今がその時だ。隠れるのはやめ、巣穴から這《は》い出さねば。カリアスのためにも。

気を緩めると震え出す怖気《おじけ》づいた身体を抱きしめ、ティアは嵐の中に飛び込む決意をした。

侍女長が王城へと向かい、それから間もなく。

一時間と経たないうちに、カリアスが金剛宮までやって来てくれた。

「――話は聞いた」

憮然《ぶぜん》とした様子で一言告げるなり、眉間に深い皺を刻んでいる。

表情からも態度からも『気に入らない』と滲んでいた。だが彼はティアの提案を頭ごなしに却下するつもりはないらしい。

不機嫌さを露わにしつつも、腕を組んでソファーに腰を下ろした。

「では私をミラに会わせてくださいませ」

「駄目だと言っても、その気になれば強引にここを抜け出していくだろう」

「カリアス様が嫌がることはしたくありません。ですからこうしてお願いしています」

「……私がティアの願いを無下にできないと知っているくせに」

そのことは否定できない。ティアは誰よりも、カリアスが他者の意見を力で捻《ね》じ伏《ふ》せないと信頼している。だからこそ、彼の口から自分がこれからしようとしていることを認めてほしかった。

「残酷だな……」

「私に親切にしてくれた侍女を見舞うだけです」

「危険が伴う」

「災禍が通り過ぎるのを安全な場所で待っていても、私はきっと後悔します。もしこのままミラ自身や、彼女の子に何かあれば、私は一生自分を許せないでしょう」

己で卑怯者の烙印を押す。口先ばかり立派で、結局は我が身可愛さに逃げ隠れしたのだと。

そうして生き残れたところで、もう二度と夢を語る資格はなかった。更にはこの世界のどこにも居場所がなくなるのが必至だ。

「何もできないとしても、全力で足掻きたいのです。私の矜持をカリアス様なら理解してくださいますよね？」

こんな言い方は狡《ずる》いと分かっている。彼は認めるしかない。それでも一歩も引かないと決意を込め、ティアはカリアスの目を見つめた。

「——……全く……出会った時と同じで、ティアは純真で強い。そういうところに惹かれたのだと、改めて思い出したよ」

彼が金の髪を掻き毟りながら呟いたのは、かなり時間が経ってからだった。

両手で頭を抱え、深々と嘆息している。未だ納得しきれない面もあるのかもしれない。だが自らに折り合いをつけたのか、カリアスが立ち上がった。

「私が同行する。それが条件だ」

「はい……！　ありがとうございます！」

「君が結構な頑固者だと思い知った」

「……私を嫌いになりましたか？」

怖いのは、それだけ。他に恐れるものは何もなかった。流行り病だって、カリアスに疎まれることを思えば、たいしたことではないとすら感じる。

「嫌うわけがない。そこは私を信じてくれないのか？」

「いいえ。私はこの上なく誰よりもカリアス様を信じています……！」

心の底から告げれば、彼は破顔してくれた。ティアの愛してやまない優しい笑顔。その顔に引き寄せられ、こちらに伸ばされた大きな手を握った。

「決まったなら、一刻も早く行動しよう。このままミラに会いに行くが、問題ないか？」

「はい、私はいつでも大丈夫です」

大きく頷いて、ティアはカリアスと共に部屋の外へ出た。

考えてみれば、アレイサン国に来てから他者と意見をぶつけ合って己の意志を貫き通したのは初めてだ。母国で暮らしていた時にも、自己主張は苦手だった。誰かと争うよりも、自分が引いてしまった方が楽。嫌な気分になってまで押し通したいものもない。

けれど今は違った。ティアが傷つく結果が訪れても、行動しなければ守れないものがある。内に籠って丸まっていても防げない災厄に襲われていた。

「念のため、口元を布で覆ってくれ。それから不用意に手を触れないように」

後宮の外は、皮肉なくらい青空だった。

ティアはカリアスから渡されたハンカチで鼻と口を覆う。この程度で防げるとは思えないが、気休めでもいい。何もしないよりマシだと自分に言い聞かせた。

「ミラはご家族と暮らしているのですよね？」

「ああ。私の護衛騎士と城下町に住んでいる。だが今は夫君も病に倒れ、臨時開放した蒼玉宮で治療を受けている」

状況は想像よりも悪い。

ティアが金剛宮から蒼玉宮へ足を踏み入れると、あまりにも活気が乏しかった。その上空気が澱《よど》んでいる。

人手が足りず、掃除もままならないのが明らかだった。しかしそれ以上に、人の負の感情がそこかしこに凝っている。

長患いの病人がいる家にありがちな、停滞した陰鬱さ。独特な臭気。それが建物全体を覆っていた。

──この状態では、きっと王都はもっと悲惨な状況になっているわ……

戦争にチェッタ国が巻き込まれた際、ティアは傷ついた兵や国民が寝かされている場面を目撃したことがあった。

──でも、当時よりもひどいわ……まるで野戦病院じゃないの……

蒼玉宮の大広間にずらりと並んだベッドでは足りないのか、床に敷いた布の上で苦しんでいる人もいる。当然個室も病人で溢れているはずだ。

誰もが全身に赤い湿疹があり、唸る元気もない者が少なくなかった。

その間を、医師や看護人が駆け回っている。皆余裕はなく、カリアスが現れたことにも気づいていなかった。

「も、申し訳ありません、陛下。すぐに挨拶させますので」

「いや、彼らの手を止めさせるな。私たちのことは気にしなくていい」

案内してくれた責任者が申し訳なさそうに腰を折るのを尻目に、ティアは素早く全体を見まわし、女性らが集められている一角へ駆け寄った。

「ミラ！」

彼女はすぐに見つかった。

大広間の一番奥。隅の方に置かれたベッドに寝かされていた。

「ティア……様……？」

幸いにもミラの意識はまだあった。もしも既に昏睡状態になっていれば、熱冷ましも飲めない。辛うじて希望の糸が繋がった気がして、ティアの双眸から涙が溢れた。

「大丈夫よ、貴女は絶対によくなるわ」

「い、いけません……私に触れては……うつってしまいます……」

ティアが握った手を、彼女がか弱い力で引き剥がそうとしてくる。だが腕を上げるのも億劫《おっくう》なようで、ミラの腕はすぐにシーツへ投げ出された。

「無理をしないで。今は自分と、いるかもしれない赤ちゃんのことだけ考えてちょうだい」

「ティア様……っ」

相当苦しいだろうに、彼女の目にはまだ生きようとする気力があった。子どものことに言及され、『生きたい』とより強く望んだのかもしれない。

それならまだ助かる可能性は高い。最後にものを言うのは、意志の強さだ。

「私が必ず治してみせる。薬草の底力を今こそ披露するわ」

だからあえて大仰な発言をした。

本当はティアだって怖い。怖くて堪らない。今にも全身が震えて逃げ出したくなっている。

未知の病を前に途方に暮れていると言っても過言ではなかった。

けれどティアの自信満々さに安堵したのか、ミラがかさついた唇で微笑んでくれた。

「ありがとうございます……もしもの時は、この子を優先して守ってください……」

おそらく彼女の腹に命が宿っていたとしても、まだ人の形すら結んでいない。小さな、欠片でしかないはずだ。ミラ本人でさえ胎動などの『実感』は一つもないと思われる。

――それでももう、彼女は母親なんだ……

守りたいと切に願う。今こそティアが持てる力と知識を駆使して、負けるものかと己を奮い立たせた。

「分かったわ。私に任せて」

毅然と言い切ると、ミラは安心したのか微かに呼吸が穏やかになった。

――赤い湿疹は、口の中にもできているみたい。それに掌や足の裏にも……全身に散っていると考えて間違いないわ。でも咳《せき》などはないのね。声は掠れていてもきちんと出せている。

ティアは彼女を励ましつつ、念入りにミラを観察した。他のベッドに横たわる患者たちも、症状は同じだ。

腹や頭を痛がる様子はなく、高熱による怠《だる》さに魘《うな》されている。大量の汗をかくので、脱水気味になっているが見て取れた。

「ミラ、とりあえず水を飲んで」

「はい……」

起き上がることのできない彼女の口元に、ティアは水を注いだカップを寄せた。

「ティア様にこのようなことをさせ……申し訳ありません……」

「いいのよ。困った時はお互い様でしょう?」

滲む汗のせいで、額に髪が張り付いて可哀相だ。ティアは清潔な布でミラの顔を拭ってやり、彼女の首に触れた際にとある違和感に気が付いた。

——あら? これは……

目視だけでは分からなかった。触ってみても、確信は持てない。何せ自分は医者ではない。それでも覚えのある腫れが、ミラの喉にある気がした。

——気のせいと言われれば、それまでだけど……

そっと掛布の中に手を入れ、ティアはミラの鼠径部に触れた。彼女は驚いた様子だが、抵抗する余力がないのか、それともこちらを信頼してくれているからか身動きしない。

その間にティアは気にかかる点を確かめさせてもらった。

——足の付け根がゴリゴリしている。そして喉の腫れに高熱……よくチェッタ国でも子どもがかかる病気にこんな症状があったような……でも大抵はそこらに一番自生している薬草を煎じて飲めば、すぐよくなるのよ。

それは予防の効果もあるらしく、普段から茶としても一般的に飲用されている。ただ苦みが強く、子どもは好まない。だから幼子には発病してから飲ませるのだ。

対して大人は、最も安価な茶として日常的に愛飲している。それこそどこの家の周りにも生えている草から簡単に作れるので、疑問を持つことすらなく。

——え……待って？　もしかして……ううん。でもあの病気はこんなに重篤化しないわ。だけどそれって、チェッタ国では日常的にあの薬草から作ったお茶を飲む習慣があるからではないの？

アレイサン国でも件の薬草は見かけた。いや、見かけたどころではなく、あちこちに生えている。言ってみれば雑草として嫌がられているほどに。

——この国ではわざわざ苦い薬草茶を飲まなくても、他にいくらでも美味しい茶葉が手に入る。そもそも薬草の知識に関してはチェッタ国の方が上だわ。アレイサン国ではあの植物を『薬になる』と見てさえいない……

生国では珍しくない病。それは罹ってもすぐ対処すれば、高熱が出る程度で終息する。しかし放置すれば、重篤化するのだとしたら。

——症状が似ているだけで、別の病気かもしれない。でも試してみる価値はあるのではないかしら……っ？

仮に同じ病であっても、ここまで悪化していたら、薬草茶の効果はない可能性もある。しかし何もしなければ事態が変化しないことは確実だった。

——このままミラが衰弱してゆくのを見るだけなんて、絶対にごめんだわ……！　それにあの薬草茶なら、チェッタ国では幼児にも与えている。お腹の赤ちゃんにも安全ではないの？

ティアは彼女の目を見つめ深呼吸した。

「ミラ、私を信じてくれる……？」

「当然です。ティア様……」

失敗を想像すると怖い。今以上に自分に対する風当たりは強くなる。何より、ミラと宿っているかもしれないもう一つの命を摘み取りかねなかった。

――いいえ。私のことはどうでもいいわ。どうせまた幽霊かモグラに戻るだけよ。何ならチェッタ国へ返品される程度。だったら――迷うまでもない。

覚悟は決まった。

ティアはゆっくり振り返り、カリアスを見つめた。

「……お願いがあります」

「君の願いなら、何なりと」

既にこちらが何を言いたいのか分かっていると言いたげに、彼はまっすぐティアを見つめてきた。その揺るぎない視線にどれがけ励まされたことか。

――ああ……この方が、私の好きになった人で本当に良かった。

カリアスが背中を支えてくれている気がする。それなら、ティアはどこまでも毅然と前を向き走ってゆける。

胸にこびりついていた恐れは、もはや綺麗に消えていた。

「今から言う薬草をありったけ集めてください！」

自分でも驚くほどの大声が広間に響き渡る。数秒の静寂の後、人々が一斉に動き始めた。

◇◇◇◇◇

ティアが指定した薬草は、ところ構わず生える『邪魔者』だった。

油断していると、庭園や畑にも蔓延《はびこ》る。いくら抜いてもすぐまた復活する逞しさで、人々を辟易《へきえき》させる言わば嫌われ者だ。

それ故、集めるよう言われた者たちは全員、困惑の表情を浮かべた。

「そのような雑草……この緊急時に駆除している場合ではありません」

「薬になるですって？　私の家族に草の汁を飲ませる気ですか？」

「医療のことなど何も知らない田舎者が口を挟むことではないでしょう！」

「陛下、愚かな女如きに惑わされるのは、おやめくださいませ」

医者も、看護人も、騎士も、下働きの者も賛否両論どころか反対意見しかない。皆疲労と不安に目を血走らせて、『馬鹿げている』と断じた。

その気持ちはカリアスだって分からなくはない。

長年アレイサン国を悩ませ続けた流行り病が、ただの雑草で癒せるなど到底信じられないだろう。自分だってティアからの言葉でなければ、一笑に付したかもしれない。けれど彼女が言うなら、疑う余地はなかった。

「……皆の疑問は尤もだ。しかし考えてみてほしい。この病には特効薬も治療法も見つかっていない。熱が下がるのを待つ以外我々は無力だ。それなら、一欠片でも希望があれば、手を伸ばすべきではないか？」

「で、ですが……万が一悪化したら誰が責任を負うのです。実験台になりたい者などおりません！」

「そうです。たかが草の汁でどうにかなるはずがない」

否定的な意見と敵意に晒され、カリアスは背後に庇ったティアが委縮しているのを感じた。

普段人前に出ることを好まない彼女にしたら、こんな風に注目が集まるのはさぞかし苦痛だろう。本当は怯えているに決まっている。それでも背筋を伸ばし己に突き刺さる懐疑的な眼差しを受け止めていた。

強くて、いじらしい。今すぐ抱きしめ守ってやりたい。だが、『ただ守られ隠されること』をティアは望んでいないとも思った。

「ティア……詳しく説明できるか？」

「は、はい……チェッタ国で、この病の初期と思われる症状を目にしたことがあります。ですが、あちらでは数日高熱が出るのみで重症化することはありません。それは、私が申しあげた薬草から作る茶を、国民が常飲しているからだと思います」

「ただの偶然だろう！　そもそも同じ病だと何故言い切れる」

「発疹以外の特徴は同じです。それに薬草茶自体に害はありませんし、滋養強壮に効くと言われています。仮に薬と言えなくても、飲めば水分をとって体力の回復に役立つはずです！」

失うものはほとんどなく、得るものは大きいとティアが伝えた。

だが反応は鈍い。それは、この場にいる患者は全員『貧しい民』ではなく『王城勤めをしており、かつそれなりの地位や身分を持つ者』であるからだった。

雑草から抽出した効果が不明な汁を口にすることへ、抵抗感があるに違いない。熱冷ましの薬は平民よりも優先的に回してもらえる。ならば怪しい話に食いつくわけがなかった。

「話になりませんな。我々は馬や兎ではございません」

「……私の命令に従えないと？」

カリアスが低い声で問い直しても、彼らの態度に変化はない。ティアの発言に従いたくないのは勿論、『雑草など口にして堪るか』という矜持がありありと見てとれた。

――仕方ないか……ならば今から平民を診ている医師の元へ行くか？　薬が手に入らない者であれば、協力を頼めるかもしれない。

時間を無駄に浪費してしまうが、ここで押し問答を続けるよりはマシだ。強引に薬草茶を飲ませて、それで仮に病状が改善しても、彼らは効果を認めないだろう。難癖をつけられティアの脚を引っ張られるなら、相手をする時間も惜しい。

そう判断し、カリアスは深く嘆息した。

「ティア……ここは一度引こう。先に薬草を摘んで、それから――」

「この病は急激に悪化してゆくと聞きました。昏睡状態になれば間に合いません。時間との勝負なのです……！」

目に涙を溜め、いつになく強い口調でティアが首を左右に振った。

自分がどう非難されようと、そこは問題ではないと言いたげに。

「お願いします。どなたか一口だけでも試してください……！」

「陛下の威を借るのもいい加減にしろ、この悪女めが……！」

ティアに暴言を吐く男へ、カリアスは反射的に剣を抜きそうになった。だがそれよりも一瞬早く、「お待ちください！」と女の叫びが響く。

「わ、私が……私が飲みます……！」

頭を起こすことも億劫そうなミラが、こちらへやつれた手を伸ばしてきた。

指先まで発疹が浮き、小刻みに震えている。焦点の合わない瞳は、今にも瞼で閉ざされてしまいそうだった。

「ミラ……！」

「私が、その薬草茶を飲みます。元より通常の薬を服用するのが難しい身……このままでは私も腹の子も危うい。それならティア様のお役に立ち、自分も助かる可能性にかけたい……！」

長く喋ったせいで力を使い果たしたのか、彼女は激しく喘いだ。意識は朦朧《もうろう》とし、こちらの問いかけにも薄い反応しか返ってこない。

それでもティアがミラの手に触れると、弱々しく握り返してきた。

「ああ、ミラ……！」

「患者の意思が優先される。異論はないな？」

反論は許さないと言外に告げれば、その場の全員が押し黙った。

本音では、誰かが被験者になるのを期待していたのかもしれない。しかし大っぴらには言えず、周りを窺っていたのだろう。

「そ、そういうことでしたら……仕方ありませんな」

「カリアス様、乾燥させたものがありますので、一人分でしたらすぐに作れます。今すぐご用意いたします」

「ああ、頼む。我が国の民を救ってくれ」

「必ず……！」

深く頷いたティアと共に、カリアスは一度金剛宮へ戻った。彼女の保管庫から目的の薬草を引っ張り出し、湯で煮出す。

ありったけの茶を作り、大急ぎでミラの元へ取って返した。

「これを……まだ熱いから、ゆっくり飲んで」

ティアの献身的な様子に手が出せないのか、彼女がミラを世話する姿を看護人たちも黙って見守っていた。

いくら小国の姫、田舎者と侮っていても、ティアは一応王族だ。そんな彼女が下々の者のため、必死に看病しているのが意外だったのかもしれない。

ましで相手は流行り病に侵されている。直接触れるのは、仕事でもない限り避けたいと考えるのが普通だ。

それなのにティアはミラと密着して身体を支え、自ら茶を飲ませて口元まで拭いてやっていた。汚れ乱れた髪を整えてやり、血の巡りが悪くなっている脚を揉んでもいる。少しも嫌な顔をせず。真剣に。

周囲の目を気にした演技であれば、とてもここまではできやしない。口先だけしゃしゃり出ているのではないと皆気づき始めているのが、カリアスの目にも明らかだった。

「あ、あの……ティア様、そういうことは私たちがいたしますので……」

「いえ、簡単なことなら手が空いている者が手伝うべきだわ。あなたたちは専門知識を生かしてちょうだい。汗を拭いたりするくらいなら、私でもできるもの」

「そんな……寵妃さまがするようなことでは」

「ここにいる全員、カリアス様が大切にしている国民よ。私が尽くさないでどうするの？」

ティアの言葉に、皆がハッと目を見張った。

――やはり、私の選んだ女性だ。彼女しかいない。

カリアスは震える胸を押さえ、込み上げる歓喜に深呼吸した。

人の真価は極限状態でこそ発揮される。尻込みする者、逃げ出す者、保身に走る者。窮地に立たされると大半の者は足が止まる。だがティアはそんな時にこそ、自ら道を切り開く強さと知恵を持っていた。

後宮で忘れ去られながら生き抜けたのも、確固たる自分を持ち続け、目的のために努力を怠らなかったおかげだ。

そういう強さを目の当たりにして、カリアスは彼女への愛情を再認識した。

――万が一、薬草茶の効果が出なかったとしても……私がティアを手放すことは、絶対にない。反対する者は少しずつ削ればいい。

父のような独裁者になるつもりも、暴虐の限りを尽くすつもりもなかった。

むしろこれまで、善政を敷こうと己を律してきたのだ。

だがそれでティアを失うことになるのなら、何も意味はなかった。

一番欲するものを諦めて、自身に嘘を吐き続けることはできない。望むものは横暴だ強欲だと罵られても全て手に入れる。そう、心に誓った。

──決意が固まれば、案外何てことはないな……邪魔する者は退場願おう。

そろそろ国に集る害虫は排除していってもいい時期だ。後任は着実に育っている。そういう意味において、今回の危機は丁度いい試金石にもなった。

国家の大事を前に貴族会議に名を連ねる大半の者は、病を恐れあれこれと理由をつけて屋敷に籠城し登城すらしていない。こういう時こそ民のために働かねばならないのに、そんなつもりは毛頭ないらしい。

それどころか薬を買《か》い漁《あさ》り、医療に必要なものを買い占める輩までいた。大方値を吊《つ》り上《あ》げるのが目的だろう。特に宰相はいち早く屋敷の門を閉ざし、甘い汁を啜ろうとしていた。

──対して、これまで目立つ業績を上げられていなくても、私財を擲《なげう》って民を救おうとする家門もある。『上』がいなくなったことで、積極的に発言する者も……まだこの国には希望が残っている。

「汗を拭くくらいなら私にもできる。手伝えることはあるか？」

「へ、陛下の手を煩わせることはできません……！」

「何を言う。我が妃が私の民に尽くしてくれているのだ。こちらが率先しないでどうする」

重い上着を脱ぎ捨て、身軽になったカリアスは傍にいた医師に指示を仰いだ。

彼は国王にそんなことを言われるとは思ってもいなかったらしく、面食らったのか目を白黒させている。周囲も驚愕のあまり固まっていた。

「ティアを見習いたい。そうでなくては、恥ずかしくて彼女の夫だと名乗れないからな」

「カリアス様……」

　ミラを横たわらせたティアが、潤んだ瞳でこちらを見つめてきた。その双眸に自分への敬愛が滲んでいて、この上なく誇らしい。

　誰に認められるよりも、彼女に褒められたいと心の底から感じた。

「ありがとうございます。ではミラの他に薬草茶を飲んでもいいとおっしゃる方がいないか、探していただけませんか？　それから、先ほど申し上げた薬草を摘み、焦げないよう炒《い》ってもらえるよう命令を下してくださいませ」

「分かった。他には？」

「患者以外にも、感染防止効果が期待できます。あくまでも希望者だけでいいので、医療従事者にも薬草茶を飲んでもらいたいです……」

「では説得してみる。任せてくれ」

　ティアは自分を過大評価しない。おそらく彼女自身がいくら声を上げても、人々の気持ちを動かすのは難しいと考えているのだろう。そこで、使えるものは使おうと決めたようだ。

　なかなか自分の意見を口にしない万事控えめなティアには珍しく、立て続けに要求してくる。

　ミラ以外の患者の容体を確認しつつ、「あ、採取した薬草に他のものが混じっていないか確認したいので、必ず私のところへ持ってきてください！」とまで宣った。

——本当に逞しい。一国の王を手足に使うとは。だが頼られるのは、非常に嬉しい。

「皆、聞いたな？　私は強制するつもりはない。だが極力手は貸してほしい。自分ができることがあると思えば、その範囲内で助けてくれ」

ティアの言動を見て、茶を飲むのは難しくても、薬草採取ならば手を貸してもいいと思う者が増えたのか、ちらほらと手が上がる。

彼らは「他にも人を連れてまいります」と請け負ってくれた。

「病人がひしめき合っている場所へは足を踏み入れたくなくても、外で植物を採ってきて炒る程度なら協力者は大勢いると思います」

「それは心強いな。感謝する」

「そ、そんな陛下が私に感謝なんて……」

「ティアの代わりに言わせてくれ」

あくまでも主導権は彼女にある。最前線で戦おうとしているのはティアだと、カリアスは言葉の裏に込めた。

「……ええ、はい。そうですね。本当に素晴らしい寵妃様です。このように前に立って私たちまで鼓舞してくださるなんて……我々はどこかで見捨てられた気分になっていました。患者が弱っていっても成す術なく、人手はどんどん欠け……補充もろくにされなかったので……」

「それは私の落ち度だ。申し訳なかった」

「いえ。陛下のせいではありません……っ」

真っただ中で戦っている者にしてみれば、目の前の業務に追われ、先が見えない恐怖に疲弊していっても無理はなかった。身体は勿論、精神面も限界に達して当たり前だ。

「もっと早く君たちを労《ねぎら》うべきだった。遅くなってすまない」

「いえ、お言葉だけで充分です……っ」

感激に打ち震える医師の背中を叩き、カリアスはティアの願いを叶えるべく動き始めた。

手始めに協力を申し出てくれた者へ、それぞれ仕事を振る。さらに護衛には、薬草茶を飲んでもいいという者を探し出すように命じた。

「ここにいる人間だけでなく、市井の治療所にも声をかけよ。侍女らは急ぎありったけの薬草を掻き集めるように！　それらはティアに確認してもらう」

「かしこまりました！」

もう声高に不平不満を述べる者はいなかった。心の中では蟠りを抱えている輩がいないとは言えないが、全員が今できることに邁進《まいしん》している。

先ほどまで重苦しく漂っていた陰鬱な空気が一変していた。

一欠片の希望が力になる。何をしても無駄だという閉塞感に穴が開いた。

――ティアには人の心を動かす力がある。計算や欺瞞《ぎまん》がないからこそ、他者の気持ちを解し、気づけば内側に入り込んだ。

飾らない人柄と自然体な優しさの魅力に一度囚《とら》われれば、逃れられない。

誰よりもカリアスが、そのことを実感していた。

――私一人では、国の一大事に正直どうすればいいのか分からなかった。歴代の王と同じで、事態が収束するのを待つしかなかったはずだ。それは何もしないのと大差ない。――ああ……彼女の魅力がついに大勢の人間にバレてしまったな。

思わずティアを抱きしめたくなり、カリアスはぐっと堪えた。

――まずは目の前の問題を解決しよう。

この災禍の出口は未だに見えない。だが、微かな光は灯された。

人は目指す先が明るいと信じられれば、力を振り絞って歩いて行ける。

カリアスの心もまた、ティアがくれた明かりで照らされていた。

第六章　未来について

初夏の日差しが眩しく緑を照らしている。青々と茂る草木は、生命力に満ちていた。

勿論、ティアの薬草園も様々な色と形の葉が生い茂っている。そして、広さはこれまでの倍以上になっていた。

「うーん……土も肥えていて最高」

ちなみに薬草園はここだけではない。他にも日当たりが特にいい場所、あえて水捌けが悪い場所、違う肥料を試している場所など様々に展開している。

もうティア一人で世話をするのは無理なので、それぞれ人を使っているのが現状だ。

とは言え、初めて手掛けた水晶宮の裏の畑だけは譲れないと思い、可能な限り自ら汗水垂らして育てていた。

「ティア様、こちらも収穫いたしますか?」

「そうね、ミラ。……てっ、日陰に座っているように言ったじゃないの!」

流行り病を克服した彼女は、額の汗を拭いながら微笑んだ。

「平気ですよ。お医者様にも適度な運動はするように言われています。前にも申し上げましたが、王城から薬草園への往復は、丁度いい距離なのですよ」

「だからってお腹が大きいのに……」

ミラはティアが薬草茶を飲ませた後、一度意識を失った。その間、およそ半日。よもや効果がなかったのかと皆が絶望しかかった時、ようやく目を開いてくれたのだ。しかも危険な高熱は少し下がり、赤い湿疹が薄くなった。

その場の誰もが浮足立ったのは言うまでもない。本人も身体が楽になったのか、それからは積極的に薬草茶を飲んでくれた。

更に二日もすれば、自力で起き上がれるまでになり、朦朧としていた顔つきはしゃっきりとし、会話も問題なくなったのだから驚愕である。

食欲が出てくれれば、一層回復は目に見えて速まった。

それを間近で見ていた他の患者たちも『自分にも飲ませてほしい』と言い出したのだ。

――皆の不信感を払拭できて、本当に良かった。得体のしれない苦いお茶を、根拠もなく信じてくれたミラには、心から感謝だわ。

あっという間に『我も我も』の大合唱となり、噂を聞きつけた高位貴族らが『我が家にも茶葉を分けてくれないか』と秘かに頼んでくることもあった。

当然、断る気などティアにはない。相手がいくらこれまで自分に対し敵対心を滾らせていたとしてもだ。

ただし貴族だからといって優先的に回すことはせず、あくまでも重病人から配分していった。

——文句を言ってきた人もいたけれど、偉いからって順番は変えられないわ。症状の重い子どもから予防目的の大人が薬を奪っていいわけがない。

身分の上下や裕福さは考慮せず、薬を必要とする者へ公平に茶葉を送り届けるようティアは厳命した。その間、ほとんど寝る間もなく、薬草の選別をし続けて。

——あまり詳しくない人には、どれも同じに見えるものね。ちゃんと確認してよかったわ。

王都中に触れを出し、不特定多数で採取した結果、薬草の中には毒のある使えないものも混ざってしまった。それを一つ一つ目視して取り除いたので、大変な労力だったのだ。

——でもいいこともあった。アレイサン国には自生していないと思っていた薬草が見つかったもの！　これが怪我の功名ってやつね。私ったら、ツイてる！

これで作れる薬の幅が広がると思えば、興奮しかない。

結局、約二十年振りにアレイサン国を恐怖に陥れようとした流行り病は、大流行することなく終息した。

幸いにも王都から地方へと感染が飛び火することはなく、ひと月もしないうちに患者数は激減したのだ。

これに対し『毎回夏前には自然と治まってくる』『今年は気温が高かったので、例年よりも時期が早まっただけ』という声もあった。特に、宰相らの周辺から。

何が何でもティアの功績だとは認めたくないらしい。

——別に私のおかげだと思ってくれなくて構わないけど、あの方たち薬草茶を分けてくれって必死の形相で言ってきたのよね……まぁ、別にいいけど……

若干モヤモヤするものの、被害者があまり出なかったことだけが救いだ。

——残念ながらゼロにはできなかった……

体力のない高齢者や子ども、持病がある者が複数命を落とした。そのことが口惜しい。もっと早く自分が行動できていたらと思わずにいられない。

とは言え、これまで流行り病で喪《うしな》った人命の数と比べれば、奇跡同然の数字であるらしい。

——亡くなった方々には申し訳ないし、ご遺族の悲しみを思えばとても喜べないけれど……でもこれからはあんな悲劇はきっと回避できる。いつまでも落ち込んでばかりはいられないわ。今後のために一層薬草の研究を頑張ろう。

あまり重要視されていなかった件の薬草も、必ず備蓄しておくことが決まった。お茶として飲めば予防効果もあると知れ渡ったため、庶民らも自ら使う分を保存する者が増えているそうだ。

——チェッタ国の知恵が役に立って、本当に嬉しい……

母国の民間療法に過ぎなかった方法で沢山の人を救えたことが誇らしかった。

隣で微笑むミラの笑顔に、ティアも破願する。今やかなり腹が膨らんだ彼女は、本来いつから休んでもいいことになっていた。しかし臨月までは働くと言ってきかないのだ。

「家でじっとしている方が、私には苦痛なのです。出産したらしばらくは休職させていただきますが、いずれはティア様の傍付きとして戻るつもりです」

「心強いわ。ばあやにあまり無理をさせたくないもの。本人は大丈夫だと言っていてもね」

「任せてください。私はティア様の傍付きを誰にも譲るつもりはありません！　私こそが第一侍女です。皆この座を狙っていますが、簡単に明け渡すものですか」

自らの地位に満足しているのか、ミラが鼻息荒く言い切る。気合十分な勢いに、ティアはやや気圧《けお》されてしまった。

「……私の傍付きなんて、カリアス様が厳選してくださった貴女たち以外希望者はいないんじゃない？　だって、貧乏くじを引いたようなものだもの」

散々小国の田舎姫と嘲られてきたのだ。周囲の自分に対する評価は知っている。いつだったかは『モグラ姫』と陰口を叩かれていたとも知って愕然としたものだ。

ただし傷ついたからではない。『私、自分がモグラっぽい認識はあったけれど、他者からもそう思われていたのっ？』という驚きのせいだ。

——幽霊と囁かれているのは耳にしていても、まさかモグラもあだ名になっているとは思わなかったわ。

ちっとも憤慨しないティアに、ばあやとカリアスが代わりに腹を立ててくれた。

——その程度の軽口、特に気にしないのに。モグラ、よく見ると可愛いし……

「何をおっしゃっているのですか、ティア様！　今やティア様の傍付きになりたい者は、掃いて捨てるほどおりますよ！　国中がティア様に感謝し、崇《あが》めております。女神さまの再来だと言う者も少なくありません！」

——モグラ女神……？　いやいや、違うわ。私を揶揄《からか》った人と褒めてくれた人は別よね。

「その件なのだけど、本当なのかしら？　私は相変わらずほとんど外に出ないから、自分に対する評判がイマイチ信じられなくて……」

「王都の中央広場にはティア様の彫像を建てる計画が練られ、大通りはティア様の名にちなんだものへ改名済みです。それに既にあの薬草茶は『女神の甘露』と呼ばれ愛飲されています」

「苦いのに？」

味の問題ではないのだろうが、随分大それた名前に慄いてしまった。

——何だか……事態が大変なことになっているような……

「国民は皆、ティア様こそ天から遣わされた聖女だと称賛しております。これまであの病が流行れば、私たちに為す術はありませんでした。それなのにあっという間に患者を救ってくださって……私に至ってはお腹の子まで——夫共々、一生ティア様に忠誠を誓っております」

彼女のティアを見つめる双眸は、もはや崇拝者の域に達している。恥ずかしいし、やや反応に困った。

だがミラが無事であったことが何よりも嬉しい。こうして信頼できる侍女がいてくれることは純粋にありがたかった。

「もう、ティア様ったら何度申し上げても信じてくださいませね？　今やティア様を悪く言う声などありません。国民からの支持は絶大です。貴族だって無視はできませんよ。これでもし他の女性を王妃様になんて話が出れば、暴動が起きかねません」

「そ、そんなに？」

「はい。ティア様の人気と名声は日々募るばかりです。一日でも早く陛下と婚姻してほしいと嘆願書が山のように届くほどです」

——本当なら、嬉しい。私がカリアス様に相応しいと思ってもらえたってことよね？　まぁ偉い方々は未だに不満を燻《くすぶ》らせていそうだけど……

「——ミラの言う通りだ。ティアを正妃に迎えるにあたって、大っぴらに反対意見を述べる者はいない。皆、我が身が可愛いからな。貴族派の中にも君を支持する者は増えている。そんな中で強硬に反対し、孤立するのは避けたいのだろう」

「カリアス様！」

明るい時間に約束もなく彼がティアに会いに来ることは珍しい。ティアは驚いて思わず立ち上がった。

服の裾についた土をさりげなく払う。しかし手は汚れているし、顔は汗まみれ。先ほど何気なく頬に触れてしまったから、泥がついているのも知っていた。

――私ったら、こんな状態で恥ずかしい……！

着飾りたい欲はなくても、薄汚れた格好を愛する男に見られたいはずがない。叶うなら、彼には綺麗な自分だけを視界に入れてほしかった。

――そりゃ、最大限頑張っても、私が素材ではたかが知れているけれど……！　どう足掻いたってカリアス様の方がお美しいし。それでも乙女心は複雑なのよ。

「いらっしゃるとご連絡いただければ、部屋でお待ちしていましたのに……」

「予定よりも議会が早めに終わったから、急遽時間が取れたんだ。それで、ティアの顔が見たくなった」

太陽光の下で微笑む彼は、破壊力満点の麗しさだ。日差しの眩しさと相まって、ティアはつい目を細めた。

――うぅ……最近ますますカリアス様は輝きを増しているような……時々直視できないくらい光を放っていらっしゃるわ……

「随分薬草を摘んだな」

「はい。天候が良かったので、ぐんぐん育ちました。大収穫です」

ティアが抱えていた籠はカリアスに奪われ、彼が興味深げに中を覗き込んだ。

「あ、私が持ちますよ。お召し物が汚れてしまいます」

「いや、私が持っていこう。君に重い物は持たせられない」

正直、たいして重い物ではなかった。しかしカリアスが気遣ってくれたことが嬉しくて、ティアは素直に礼を述べた。

「ありがとうございます」

「本日の作業は終わりか？　だったら一緒に金剛宮へ戻ろう」

「でもまだ後片付けが……」

「ティア様、それは我々がやりますのでご心配なく。陛下とごゆっくりお過ごしください。ばあやさんがティア様のお好きなケーキを用意しておくとおっしゃっていましたよ」

すかさずミラが申し出てくれ、ティアとカリアスは二人で先に戻ることになった。

「ごめんなさい、ミラ。身体が辛かったら休んでね。皆もありがとう。よろしく頼みます」

やりっ放しでその場を後にするのは気が引けたが、ミラ以外の者たちもティアとカリアスを微笑ましげに見つめ『早く二人きりにおなりください』と顔に書いている。

分かりやすい態度に抗えるわけがない。

気恥ずかしさを堪えつつ、ティアはわざとらしい咳払いでごまかした。

——な、何だか私たちがイチャイチャするのを期待されているみたいで、とても居た堪れないわ……！

「カリアス様、あの、その、ほ、本日の議会はすんなりと終わったのですね」

照れ臭さを紛らわすため、ティアは歩きながら半ば強引に話題を絞り出す。すると彼は、どこか含みのある笑みを浮かべた。

「ああ。今回、ようやく君が王妃となるのを認めさせた。更に後宮は完全解体。今後側妃を勧められることもない」

「え……っ」

サラッと大変なことを告げられ、ティアは唖然とした。

まさか本当に自分がカリアスの正妃になれるとは思っていなかったこと。後宮がなくなる驚き。その上、彼は今『ティア以外の妻は迎えない』と宣言したのも同然だった。

「そ、そんなこと……」

「侯爵を始めとする反対派を黙らせるのには、少々骨が折れたがな。けれど君の名声が高まっている今、侯爵の孫娘程度では太刀打ちできないだろう。何せティアはアレイサン国を救った聖女であり、慈悲深い賢女だ」

あまりにも大それた評価だ。自分としては、一縷《いちる》の望みをかけ薬草茶を大量に作っただけなのだが。

「わ、私そこまで褒《ほ》め称《たた》えられることはしておりません。たまたま運よく事態がよい方向へ転がっただけで……」

「運も味方にできないのでは、とても私の伴侶は務まらない。それに全ては君の勤勉さと諦めない心、国や民を思いやる優しさが起こした奇跡だ。それとも、私の正妃になるのは嫌か？」

立ち止まったカリアスがじっとティアを見下ろしてくる。

その双眸には微かな怯えが滲んでいた。

――地位や権力、あらゆるものを持ち、全てを手に入れられるこの方が、私の答えを怖がっているなんて……

命じるのではなく、ティアの気持ちを優先しようとしている。いつでもこちらを尊重してくれ手を差し伸べてくれる彼へ、愛おしさが募った。

「……いいえ。嫌なはずがありません。むしろ夢のようです。私に務まるのか不安ではあっても、カリアス様の傍にいられるなら、私はいくらでも頑張れます」

嘘偽りのない本心だ。

チェッタ国へ帰ることしか考えていなかった自分は、もうどこにもいない。

彼と出会い、愛されることと愛することを知り、ティアは生まれ変わった。守りたいと願うものが増え、弱くても戦えるのだと自信がついた。

大国の王妃となれば、今までとは比べものにならない苦難に見舞われるだろう。それでも得るものの方が多い。カリアスの隣に立ち、生きられる。それだけで絶大な価値があった。

「ありがとう、ティア。そう言ってもらえて、本当に嬉しい。もし君に拒絶されたらと少し不安だった。私はチェッタ国へ帰りたいティアの気持ちを無視したのも同然だから……」

「そんな風にお考えだったんですね」

確かに諸々強引ではあった。引き留め方も罠《わな》めいていたと思う。だが結局のところ決断したのはティア自身だ。濁流に流されながら、最後の選択は自分で下してきた自負がある。

その結果を誰かに押し付ける気はさらさらなかった。

——仮にこの先辛くなって後悔したとしても……痛みや苦悩だって私のもの。他者に擦り付けたりしない。

「見くびらないでくださいませ。私は己の選択に責任を持ちます。ですがどんな結果になっても諸々と従うという意味ではありません。望むもののため、全力で努力するということです。ですからカリアス様は今後も私の力の源《みなもと》であってください」

「力の源……?」

「貴方に、あ、愛されていると実感できると、私は勇気が出てあらゆる力が増すのです」

流石に言葉にするのは恥ずかしい。

しかし顔を真っ赤にしながら、ティアは彼へ想いを伝えた。

「カリアス様を愛しています。だからこそ私には原動力となる貴方からの愛情が不可欠です」

「……っ、とことん君は私を虜にする……っ」

珍しく狼狽した様子の彼が、ティアと同じくらい赤面していた。普段余裕たっぷりなのに、潤んだ視線をさまよわせている。見慣れないカリアスの慌てた様がとても可愛らしく感じられ、ティアはつい嗜虐心をそそられた。

――照れたカリアス様も素敵……でも私が原因でもっと取り乱してほしい。

意地の悪い欲望が疼いて、どうにも我慢できない。ティアは両手が塞がった彼の脇腹を出来心で突っついた。

「……っ、やめてくれ擽ったい」

「鍛え上げられた腹筋をお持ちのカリアス様でもここは弱いのですね」

身を捩って逃げようとする彼を追いかけ、尚《なお》もティアはカリアスの脇腹を指で突いた。その度にピクッと強張る彼にゾクゾクする。

意外な弱点を見つけた気分で、完全に楽しくなってきた。

「ティア、本当に……っ、くっ」

「ええ？　老獪な貴族たちに恐れられているカリアス様が、こんなことで降参されるのですか？　たぶん貴族会議でも侯爵様たちをかなり威圧されたのではありませんか？　そうでなくてはあの方々が大人しく引き下がるはずがありません」

「私が籠を抱えていて反撃できないと思って……」

まさしくその通りだ。絶対にやり返されないと踏んでいるから、いささか調子に乗っていた。

彼の性格上、薬草の入った籠を放り出しはしないはずだ。

「まさか侯爵様を脅したりはしていませんよね？」

「……っつ、直接的な手は下していな……っ、こら、もうやめなさい」

つまり言葉と態度で脅迫はしたのだろう。

――先王様と同じことはしたくないと言っていらしたのに、私のために……

頬が緩み顔がにやける。

カリアスに不本意な真似をさせ申し訳なく思うけれど、そこまでされて胸が高鳴らないはずがない。溢れんばかりの愛情を感じ取り、ティアは彼の背後から腰へ抱き着いた。

「ティア？」

「……早く二人きりになりたいです」

「……部屋に戻ったら、ばあやには退室してもらおう」

その後二人で何をするかなんて、聞くまでもないことだ。ティアは無言のまま頷いた。

――媚薬なんて飲まなくても、私ったらいつだってカリアス様にドキドキしている……

ときめきが一向に静まらないまま金剛宮へ戻れば、二人の様子を見たばあやが訳知り顔で微笑んだ。

「ほほほ。皆まで言わずともようございますよ。ええ、ばあやは無駄に年を重ねてはおりませんからね。ささ、カリアス様はお座りになってケーキでもお召し上がりくださいませ」

そしてこちらが何を命ずるまでもなく、ばあやは茶を淹れ、風呂の準備をすると部屋を出て行ってしまった。

「え？　あれ？　私の着替えや入浴を手伝ってくれるのではないの？」

勿論ティアは全て一人でできる。だがばあやがいる時には手出しされるのが当たり前だった。

「なるほど。私が代わりを任されたようだ。流石、ばあやだ。私の要望などお見通しだな」

「え」

いったいどういうことだ。呆然としている間に、ティアの背後へカリアスが回ってきた。先刻とは逆の立ち位置である。

「？」

だがのんきに首を傾げていられたのはここまで。

彼がティアの背中に並ぶ服のボタンを外し始めたことで、愕然とした。

「ちょ……カリアス様っ？」

「ばあやは私に君の入浴を手伝えと言いたいらしい。丁度いい。私も汗をかいたことだし一緒に入ろう」

「はいっ？」

とんでもない言葉が聞こえた。幻聴だろうか。いっそそうであってくれという願いも虚しく、ティアの身体からドレスが脱がされた。

「何をするのですかっ」

「君は入浴するのに服を着たままなのか？」

「え、いや違いますが……私一人で入れますので！」

「私も籠を抱えたり、ティアに脇腹を突かれたりしたせいで、汚れたし汗もかいた。時間はあるからサッパリしたい」

そう言われてしまうと、出て行ってくれとは言い難い。

こちらにも非はある。いや、非しかなかった。

「で、ですが一緒に入らなくても……」

「わざわざ二人分の湯を用意させるのは手間だろう。侍女もばあやも忙しい」

「ふ、ふしだらだと思われてしまいます。手を洗っていただくのとはわけが違います」

「私たちは正式な夫婦だ。何を憚《はばか》ることがある？」

憚りだらけだ。ティアの常識では、夫婦であっても共に入浴なんてしない。生国の両親だって、そんな真似はしていなかった。

「ティアの両親である国王夫妻は、仲睦まじいことで有名らしいな。だとしたらおそらく彼らも二人で風呂くらい入っていたのではないか？」

「ええっ、ま、まさか……」

――お父様とお母様は、私の知らないところでしていたの？　では世の中的には珍しくないのかしら……？

事の真偽は判じかねるが、ティアの心は激しく揺さぶられた。その間隙を突かれ、下着も脱がされる。今や生まれたままの姿にされ、余計に逃げられなくなった。

——……はっ、ぼうっとしている場合ではないわ。危機的事態よ。ばあやに助けは求められない。でもこのままでは逃走もままならない……！

そうこうしている間にカリアスも全裸になっているではないか。

ティアが身動きできず硬直していると、あっさり横抱きにされた。

「ま、待ってくださ……」

「こんな状況でいつまでもいたら、風邪をひく」

「あ……！」

彼に抱えられたまま浴室へ連れていかれた。

触れる素肌が熱い。心臓の鼓動がまるで直に伝わってくるようだ。

閨では当たり前の接触なのに、場所が変わったことで背徳感が段違いに跳ね上がった。

「やはり、二人で入るには少し狭いな……もっと大きな浴槽を作らせるか」

「べ、別々に入れば問題は解決します……！」

大人二人が浴槽内で脚を伸ばすのは、どうしても無理がある。ましてカリアスは平均よりも大柄だ。結果、二人は隙間なく密着することとなった。

——ああ……下手に動くといかがわしいところに触れてしまいそうで、どうすればいいのか分からない……！

若干尻の座りが悪いのだが、ごそごそ動いて直す勇気なんてティアにはなかった。

「……カリアス様は時々とんでもなく意地悪です……」

「ははっ。先ほど散々好き勝手された意趣返しだ。覚悟するといい」

甘さを帯びた脅し文句に、ティアの下腹が疼いた。ドキドキして興奮が高まる。何をされるのかと怯えつつ、期待が渦巻いた。

――私、いつの間にここまでいやらしい女になってしまったの。

背後から抱きしめられる体勢なので、背中に彼の胸板が触れている。そっと振り返れば、口の端に触れるだけのキスを落とされた。

――もっとちゃんと口づけしたい。物足りない……

だがろくに身動きできない状況で、これ以上首を捩じるのは躊躇われた。それに、うなじにカリアスの鼻が埋められるのも悪くない。

彼が時折舌先で肌を嬲《なぶ》るものだから、淫らな声を出すまいと唇を引き結ぶ。するとカリアスの手がティアの乳房を掴んできた。

「ぁ……っ」

「結婚式はいつにしようか。すまないが、あまり経費はかけられそうにない。南部の干ばつ対策に予算を回したいからな」

「め、目立つことは好きではありませんので、地味で構いません。というか私たちは一応既に婚姻していますよね？　ですからそんなことより、被害に遭われた方へ還元してください……ぁッ」

元は民から徴収された税だ。自分たちの贅沢のために使うなど言語道断。お披露目《ひろめ》すれば充分だとティアは思った。国庫に負担をかけたくない。

「だが何もしないわけにはいかなくてな。あまりにも貧相にすれば、いらぬ憶測を呼ぶのも否定しきれない。きな臭い動きをしている周辺国もある」

「え……ぁ、ん……っ、こ、こんなことをしながら話す内容ではないのでは……」

「結婚式のことか？」

「違います、怪しい動きをしている他国の話です！」

淫猥な行為の片手間でする会話ではないだろう。そうティアは言いたかったのだが、彼は不本意そうに嘆息した。

「その件は問題ない。動きがあるのは確かだが、実際に一線を越えるとなると話は別だ。裏で賄賂を受け取り我が国と小競り合いを起こさせ、甘い汁を啜ろうとしていた輩は全員更迭《こうてつ》した。もうあちらに情報を流す者はいない」

「そ、それはアレイサン国に内通者がいたということですか……？」

あまりの驚きにティアはカリアスを振り返った。

「本気で反逆の意図はない。適当に煽って緊張状態を作り出し、武器の生産で儲《もう》けを得るつもりだったのだろう。……嫌な話だが、戦争は一部の者にとっては利益になる」

とんでもない話である。己の国に不利益を与えてまで金に執着するとは。ティアはゾッとして背筋を震わせた。

「その不届き者たちは、今どうしているのですか？」

「貴族会議には、今後当主が代わろうとも参加資格はない。罪の度合いによりそれぞれ下された罰は違うが……一番軽い者で、無期限の謹慎だな。勿論、一族郎党だ」

では最も重い者は？　と質問する気にはなれなかった。聞けばきっと後悔する。そんな直感がティアの中で閃《ひらめ》いた。

――うん……世の中には知らない方が幸せなことが沢山あるものね……

わざわざ危険地帯に飛び込む必要はない。彼も自ら口にしないということは、ティアに極力聞かせたくない内容なのだろう。そう判断し、ティアは黙って前を向いた。

「――それで話は戻るが、結婚式はいつにする。あまり引き延ばすのも得策ではない」

「ん……っ、では元からある式典と一緒に挙げてはいかがですか」

「なるほど、それは名案だ。半年後に建国祭がある。そこで挙式も執り行おう。一度で済めば費用がかなり抑えられる。流石はティアだな」

どうせ初めからそのつもりだったのではないかという疑念はあったが、それを口にする余裕はなかった。

カリアスの手が胸から離れ、腹を辿ってティアの脚の付け根へ移動する。

咄嗟に太腿を閉じ合わせたが、その前に彼の指先が秘めるべき場所へ滑り込んでいた。

「や……っ、ここは浴室ですよ……？」

「ああ、だから清潔にしないと。ほら、洗ってあげよう」

いっそ湯船から立ち上がってしまいたいのに、狭いせいで上手く身体に力を入れられなかった。にも拘らず、両腿は易々と開かれてしまう。男の手が忍び込める僅かな隙間ではあるが、それでカリアスには満足のいくものだったらしい。

「あ……だ、駄目……っ、ん、ふ……」

繁みを掻き分けられ、花弁に触れられる。軽く割れ目をなぞられただけで、ティアは指先まで戦慄かせた。

まだ表面だけ。それなのに痺れが広がる。欲望が掻き立てられ、体内が潤むのを感じた。

「ん、んん……ッ」

肩に何度も口づけられて、湯に浸かっていない部分も火照ってゆく。

控えめに身を捩れば、熱い吐息を耳孔に吹き込まれた。その間にも陰唇を撫でる彼の手は止まらない。さりとて内側へは一向に入ってこず、段々ティアの息が弾んでいった。

「……は……っ、カリアス様……っ」

「ん？　何だ？」

分かっているくせに、と詰りたい。彼があえてとぼけているのは明白。耳朶に歯を立てられ、ティアは声を堪えて打ち震えた。

カリアスはティアの弱い部分を知り尽くしている。どこをどうすればいいのか。力加減は。全て彼が暴いて教え込んだことだからだ。けれど今は全てはぐらかされて、もどかしい。

カリアスがくれる快楽を知っているだけに、渇望が際限なく育っていった。

「う……んっ、ぁ……そこ、じゃなくて……っ」

いつまでも陰唇をなぞられるだけだと辛い。体内に、衝動だけが溜まってゆく。それを発散できないせいで、息苦しささえ感じ始めた。

「要望があるなら、言ってほしい」

いつも先んじてティアの願いを叶えてくれる彼が、理解していないはずがない。ティアが頭を振ると、カリアスの片手がこちらの唇に据えられた。

「君の口から、どうしてほしいかを聞きたいな」

「んく……っ」

背後から彼の滾る吐息が吹きかけられる。何でもない風を装いながら、カリアスも興奮しているのは歴然だった。それでいてティアから淫猥な台詞を引き出そうとしている。

いつかこぼしていたように『欲しい』と言わせたいのかもしれない。

――そんな淫らなこと……私の口からは――でも言わなければ、ずっとこのまま……？

情欲は凶悪に暴れている。あと少しで彼の指先が泥濘に潜り込みそうなほど、媚肉は潤んでいた。けれど巧みに躱されて、いつまで経っても望むものは与えられない。

ただくるくると蜜口に沿って円を描いているか、肉のあわいを辿るだけだ。内側は熟れてとっくに熱く爛《ただ》れているのに。

――変になりそう……！

駄目だといくら己を律しても、勝手に腰が揺れてしまう。その都度カリアスの肉槍の存在が感じられ、余計に飢えが増してゆく。

は、と漏らしたティアの呼気は、明らかに発情を示していた。

「……言ってほしい。そうしたら君が望むものをあげるよ」

誘惑の声音は途轍もなく甘い。耳から注がれた媚薬同然。

ティアの思考力を曇らせて、理性を根幹から揺さぶってくる。

こちらの唇を弄っていた彼の手は、再び乳房を弄ってきた。

「あ、あ……っ」

そそり立った乳頭を捏ねられ、柔らかく形を変えられる。

それだけでもとても気持ちいい。しかし絶大な愉悦がこの先にあることを、ティアの身体は覚えている。故に半端な刺激はある意味逆効果だった。

「……ぁ、んんッ」

ジリジリと身の内が焦げ付く。満たされない欲求が際限なく膨らんだ。

思わず腰をくねらせても、ティアの足掻きなどお見通しなのか、カリアスの手は敏感な部分を上手に避ける。

次第に体温が上がってきたせいもあって、ティアは考えることが億劫になってきた。

「やぁ……意地悪しないで……っ」

「していない。むしろ私がお願いしているのに、ティアがはぐらかして意地悪をしているんだ」

そんな言いがかりがあるものか。ティアに冷静さが少しでも残っていれば、ちゃんと反論できたかもしれない。だが残念ながらもはや余力は皆無だった。

既に頭の中は靄がかかっている。淫路を硬いもので埋めてほしくて、それ以外の思考がままならない。欲望と理性の天秤《てんびん》が激しく揺れ――最後の一滴が滴り落ちた。

「ティアとの間に子を授かったら、この上なく嬉しい」

「……っ」

己の願望を見透かされたのかと思った。流行り病で慌ただしくなる前から、ティアは彼との子どもを熱望している。しかしそれを口にしたことはなかった。

――でもカリアス様も同じ気持ちだったなんて……

歓喜でティアの内も外も一気に高まる。もう、堪えることはできなかった。

「……欲しい、です。私の中にカリアス様をください……っ」

「ティア……っ」

感極まった声で名前を呼ばれ、それだけで喜悦が膨らんだ。

彼の逞しい腕に抱きしめられ、湯船から抱き上げられる。運ばれた先は、寝室だった。

「やはり、あそこでは狭い。次回はもっと大きな浴槽を準備しよう。噂では部屋いっぱいに湯を溜める国もあるらしい。再現してみるのも悪くはないな……」

「そ、それは地中から湯が湧く国の話ではありませんか。我が国では無理です」

とんでもないカリアスの提案にティアは仰向けに倒れながら首を横に振った。

そんな浴室を作っては、侍女たちにどんな苦労をかけるやら。湯を沸かすだけで大騒ぎである。

だが否定するティアの顔を、彼が心底驚いたように見つめてきた。

——え、私何か変なことを言ってしまった……？

どちらかと言えば、カリアスの発言の方がおかしい。それなのにマジマジと彼から凝視され、たじろいでしまった。

「あ、あの……カリアス様？」

「今……『我が国』と言ったな」

「え、ぁ、はい。申し上げましたね」

だから何だというのだろう。彼の言わんとしていることが分からず、ティアはますます困惑した。

「これまで君はあくまでもこの国をアレイサン国と呼んできた。それは生国であるチェッタ国こそが自分の国だという意識があったからだろう？　でも今ティアは、ごく自然にアレイサン国を己の国だと思ってくれたんだな」

「あ……」

全く意識していなかったが、その通りだ。言われてみれば、ストンと胸に落ちた。

——そうか……私、この国で生きていく覚悟を固めてはいたけれど、それは頭で考えたこと。だけど今この瞬間、心も決まったのかもしれない……

アレイサン国こそが、自分の生きる場所であり、己の国であると。それ故当然のように『我が国』と口にしたのだ。

「ありがとう、ティア。本当に嬉しい。そして君を帰してあげられなくて、すまない」

「いいえ……どこにも行かせないでください。カリアス様がいらっしゃる場所が、私の居場所です」

濃密に視線を絡ませ合い、心からの言葉を吐いた。

愛しさが飽和する。どちらかともなくキスをして、強く抱き合った。

「……ぁ、あ」

花弁を割り開き、彼の楔が入ってくる。その質量はこれまでになく大きい。ティアが目を閉じると、瞼に優しく接吻された。

「誰よりも愛している……っ、何度言ってもこの想いを表現するには足りない」

「私も……っ、同じ、です……っ」

濡れそぼった媚肉をこそげられ、繋がっただけで達しそうになった。

カリアスの肉杭が己の中にあると思うと、幸福感に包まれる。もっと味わいたくなって、ティアは下腹に力を込めた。

「は……っ」

官能的な声を漏らした彼の腹筋が波打つ。それを見ていると言いようのないくらいゾクゾクした。自然、蜜窟が蠢《うごめ》いて剛直を絞り上げる。カリアスの眉間に皺が寄り、彼が低く呻くとティアの快楽も高まった。

「ぁ……中でビクビクして……っ」

「そういう発言は感心しないな。優しくできなくなりそうだ」

叱るように言いながらも、カリアスがティアを見つめる瞳はこの上なく甘い。視線だけで感度が上がる。そのせいで一層隘路が切なく収縮した。

「……っ、君は魔性の女だな」

「ち、違……わざとではありません。カリアス様があまりにも素敵なせいです……！」

「……そういうところだよ」

どこだろう。本気で分からずティアは戸惑い気味に瞬いた。

しかし彼は説明する気はないらしい。軽く嘆息し、ゆったりと腰を使い始めた。

「ぁ、あ……んぁッ」

最初はゆっくり引き抜かれ、同じ速度で押し込まれる。じりじりと濡れ襞を擦られ、身体の芯から震えが走った。

馴染ませるのに似た動きは、容赦なく快楽を掻き立てる。それでいて、達するほどの激しさはない。ひたすら愉悦を増幅させるだけ。

せっかく欲しくて堪らなかったものを与えられたのに、すぐにティアの中で『もっと』と貪欲な願望が大きくなった。

「ん、は……、ぁ、あ……カリアス様……っ」

「これじゃ足りない？」

「あぅっ」

両脚を彼の肩に担がれ、ティアの身体が屈曲させられた。すると深いところまでカリアスの楔が突き刺さる。最奥を押し上げられて、目も眩むほど気持ちがいい。爪先は淫靡な形に丸まり、全身が痙攣した。

「もう達してしまった？　まだろくに動いてもいないのに」

「だ、だって……っ」

カリアスが近くにいるだけでティアは至福に包まれるのだ。まして触れ合っていれば、尚更満たされて止まなかった。一つになれば、それはより強くなる。

他の誰にも許せない至近距離で、二人を隔てるものは何もなく、昂らない方がどうかしている。言葉にするまでもなく全身が彼への愛情を訴えていた。

「……っく、そんなに締め付けられたら、あっという間に限界が来そうだ……っ」

「い、いいですよ……っ」

むしろ早く白濁を注いでほしい。カリアスとの未来を夢見て、ティアは恍惚の中微笑んだ。

「いくら何でも、それは私の誇りが傷つくな……もう少し、君との時間を楽しみたい」

「……っあ」

淫音を奏でながら彼が抽挿を始めた。視界が上下に揺れ、ベッドが軋《きし》む。

荒々しい動きではなくても、肉槍の先端が最奥を抉るためか、絶大な快楽になった。しかもカリアスは楔を深く突き入れたまま小刻みに腰を揺らす。それが、堪らなく気持ちがいい。

ティアの眦《まなじり》からは涙が溢れ、髪を振り乱さずにはいられなかった。

「あ……ぁ、あああッ」

眼前に光が散る。縋るものを求めた手は、彼が繋いでくれた。

「んぁッ、ぁ、カリアス様……っ、ァ、ァあッ」

腹の中を掻き回され、蜜液が白く泡立つ。結合部からはひっきりなしに卑猥な音が響いた。それだけに留まらず、ティアの口からは嬌声が止むことがない。声を抑えようという意識も頭から飛んでしまった。

「ひぃ……っ、ぁ、いい……ッ」

彼の分身を食い締めて、体内がふしだらに爛れる。咀嚼する肉筒は、貪欲だった。カリアスを更なる奥へ誘い、狂おしく絞る。抜け出ていくのが寂しいと言わんばかりに縋りつき、突き入れられれば柔らかく包み込んだ。

もはやティアの内側は彼のために作り替えられている。しゃぶる勢いでカリアスの剛直に絡みついていた。

「……っぁ、ァあああッ、も……駄目……っ」

「ティア……私もそろそろ限界だ」

「んぁ、あ……あッ」

淫路で彼の質量が明らかに増した。

粘膜の全てが一気に擦られる。突然動きを荒々しいものへ変えたカリアスに揺さぶられ、ティアは絶頂へ押し上げられた。

「……っ、あああ……っ」

腹の中へ欲望を注がれる感触で快感がより強くなる。頭まで愉悦に浸り、もう何も考えられない。ティアは高みから下りてこられず、ビクビクと四肢を痙攣させた。

——お腹の中が熱い……

どうか実を結びますようにと願わずにはいられない。

彼との未来にカリアスによく似た子どもがいれば、きっともっと幸せに違いない。

仮に似ていなくたって、心から愛せる。

——私としては、カリアス様に似てくれた方が優れた容姿になるのが確実だから、ありがたいけれど……でもそれだってどちらでも構わないわ。

元気であれば、問題ない。まだ宿ってもいない赤子の容姿を夢想して、ティアは口元を綻ばせた。

幸せな妄想だ。いくらでも続けられる。このまま幸福感を噛み締めつつ、眠りに落ちてしまいたい。しかし。

「——まだ眠っては駄目だよ、ティア」

「……え？」

こちらとしては非常に満足して夢現《ゆめうつつ》だ。半分以上眠りの世界へ意識は旅立ちかけていた。

「覚悟するように言ったじゃないか。あんなに煽られては、一回程度で私は治まらないよ」

「……はい？」

彼はいったい何を宣っているのか。

言わんとすることが分かる気もしたが、理解したくはなかった。

「ぇ……いや、ちょっと揶ったただけじゃありませんか……」

「それ以外にも小悪魔的言動で散々翻弄してくれた。無自覚なのか？　だったら余計にこれを機にそれは危険だと教えないとならないな」

「け、結構です！」

教育的指導なら、お腹一杯だ。全力でお断りしたい。だがティアの拒否は根こそぎ無視され、蜜窟の中でカリアスの肉杭が再び力を持ち始めたのが感じられた。

「え」

しかも、先ほどと硬さもさほど変わらない。

「な、何故……っ？」

「君を愛したいのと、少しばかり意地悪をしたくなったからかな」

「そういう正直さは望んでいません……！」

ある意味誠実とも言えなくない心情を吐露し、彼が唇で弧を描く。柔らかで優しげな笑顔だ。けれど瞳がまるで笑っていなかった。まるで獲物を狙う獣。危険な光が双眸の奥で揺らめいている。

ティアの本能が警鐘を鳴らし、今すぐ逃げろと訴えたが――それよりもゾクンッと淫道が疼いてしまったのは不覚だった。

「……ぁ……」

「君の中が騒めいている」

囁く男の声にも喜悦を拾い、ますます媚肉が収斂した。もういくら口先で拒否を訴えても、真実味も説得力もない。ティアの身体は期待でトロリと新たな蜜を溢れさせた。

「や……」

「健気に私を頬張《ほおば》って、愛らしい」

「ぁ、んッ」

繋がっている部分の上部、淫芽を摘まれ、快楽が増幅した。せり上がる官能の気配に鼓動が速まる。ごくりと喉を鳴らせば、再びカリアスが動き出した。

「……ぁ、あ……ぅあッ」

今度は横臥の体勢に変えられて、内部の擦られる場所が変化する。いつもとは違う感覚に、ティアは夢中でシーツを掴んだ。

「あ、やぁ……気持ち、いい……っ」

「ここも好きだったのか。今まで見つけられなくてすまなかった」

「ふぁ……ぁ、あッ」

ぐぷぐぷと卑猥な水音が室内に満ちている。奥を穿《うが》たれ喘ぐだけになったティアの唇を彼が口づけで塞いできた。

そのためには必然的に上体が密着し、繋がりが深くなる。不随意に蠢いたティアの蜜壺が、カリアスの楔を締め付けた。

「は……ッ、ぁ、っぅ……」

艶声は彼の口内へ吸い込まれた。

舌を絡ませ淫蕩なキスに溺れる。上も下もひっきりなしに水音が鳴り響く。

彼から滴り落ちてくる汗の感触さえ快楽になり、混じる呼気や、喘ぎ声なら尚更だった。

「は……ティア、私の子を孕んでくれ」

「あああッ」

返事をする暇もなく、ティアは本日一番の高みへ飛ばされた。

極彩色の光が瞬き、完全に爆ぜる。腹の中にはたっぷりと子種が注がれた。

「ティア……」

結合を解いたカリアスが隣に横たわり、ティアを後ろから抱きしめてくる。

互いに息は整わないまま。汗まみれの肢体で、相手の心音を聞いていた。

心も身体も満たされて、ティアは彼の腕の中で寝返りを打ち、カリアスと向かい合う。互いの瞳の中には、恋い慕う人が映っていた。

「……愛しています、カリアス様……」

喘ぎ過ぎた喉は掠れ、上手く音にならなかったかもしれない。囁く声はあまりにも小さかった。それでも迸る愛情はきちんと伝わったらしい。

「言われなくても知っている。だが、何度でも言ってほしい」

素直な彼の言い分に、ティアは思わず吹き出した。こういう屈託のなさがカリアスの魅力だと再認識する。他を威圧する美貌を誇りながらも、どこか親しみを感じる。だからこそ初対面でも、いつの間にか気を許せたに違いなかった。

「これからも一緒に生きていきましょう」

「ああ。でも今は……少しこのまま眠りたいな」

「はい。きっとばあやが上手く人払いしてくれます……」

こちらもそろそろ眠気が限界。

ティアは下りてきた瞼に逆らわず、心地いい眠りの中へ微笑みながら旅立った。

◇◇◇◇◇

眠ったティアのこめかみに口づけて、カリアスはベッドから下りた。

先ほど脱ぎ捨てた服を拾い適当に身に着けると、彼女を起こさないよう足音を忍ばせて寝室を後にする。

現在、金剛宮に住むのはティア一人。そのため全てが彼女一人を中心に回っている。

気を利かせたばあやが人払いしているおかげで、続きの間には人影がなかった。ティアは、必要以上の大勢に囲まれるのを好まない。当然、静まり返っている。だが、仄かな殺気が漂うことに、少し前からカリアスは気づいていた。

「……私が立ち去った後にティアを狙うつもりなら、諦めるんだな」

暗がりに向け声を発すれば、誰もいないはずの室内にピリッと緊張感が走った。無粋な侵入者たちは、よもやこちらに悟られているとは思っていなかったらしい。侮ってくれたものだ。

「依頼人の名を吐けば、便宜は図ってやる。まぁ聞かなくても、大方の想像はつくが……どうせ宰相の指示だろう。――いや、元宰相か」

昼間の貴族会議で、侯爵を更迭した。病が蔓延する中、適切な対応を取らないどころか私腹を肥やすことに腐心していた証拠が揃ったためだ。それだけでなく、他国との癒着や規定を越えた武器の備蓄を追及した。

これまでカリアスが敢《あ》えて見て見ぬふりをしていたので、どんどん気が大きくなっていたらしい。やり口は呆れるほど大胆になり、かつ杜撰《ずさん》になっていた。流石に見過ごせないところまで肥え太ったところを、一気に攻め落としたのだ。

――尤も、そうなるよう仕向けたのは私だが。

収穫は果実が充分に熟してから、腐る寸前が最も美味《うま》い。ただし今回に関して言えば、完全に腐り果てていたものを取り除いたに過ぎないけれど。

「責任を果たさないだけでも言語道断なのに、まさか腹いせにティアを狙うとは……それとも私諸共《もろとも》暗殺するつもりか？」

それにしては暗殺者の数が少ない。しかもこうしてすぐにバレる程度の腕前とは。馬鹿にされたものだと、カリアスは冷酷な笑みを唇にのせた。

しかし返答はない。押し黙っているのは、本気で理由を知らないからか。それとも往生際悪く退路を探っているからなのか。

どちらにしても自ら火に飛び込んだ羽虫に、助かる道などあるはずがなかった。

「素直に全て話す気がないのなら、早急に終わらせよう。時間の無駄だ」

カリアスは無造作に剣を抜き、構える。日が陰り始めた部屋の中は未だ沈黙していても、どこかから血の臭いが漂う錯覚があった。

おそらく、侵入者たちに染み付いた臭気だ。それともカリアス自身から発されるものなのかは、自分にも分からなかった。

——懐かしいな。戦場ではこれが日常だった。

頭の片隅で、ティアの警護を強化しなければと考える。失脚した者たちが行動を起こすと読んで、数日間はわざと警備の穴を作ったが、こうもまんまと引っかかるとはお笑い草だ。あくまでも『一応』の対策だったが、想定より敵は単純だったらしい。

──そうでなければ、金剛宮の奥まで入り込めるわけがないがな。普段はティアの安全を守るため、秘かに王城以上の警備体制を取っている。

侵入した暗殺者はおそらく三人。一人生かしておけば事足りる。どんな手を使ってでも黒幕の名を吐かせ、見せしめにするつもりだ。

今後二度とティアに手を出そうなどと策略を巡らせる愚か者が出ないように。

どう調理してやろうか夢想するカリアスの瞳には、明らかに愉悦が滲んでいた。

「大人しく投降するつもりがないなら、仕方ないな」

久しぶりの張りつめた空気が心地いい。身の内に昂る熱の正体を突き詰めるつもりはなかった。きっとようやく邪魔者を一掃できそうで、興奮しているだけだ。

決して父のように血に飢えているのではない。

そう言い訳し、カリアスは深く息を吸った。

「さて、始めようか。──……！」

身を潜めていても無駄だと判断したのか、暗がりから鋭利なナイフが飛んできた。それを難なく躱し、カリアスは姿を現した黒尽《ず》くめの男へ斬りかかる。

ギィンッと金属同士のぶつかる耳障りな音が響き、痺れが指先から腕へ伝わった。

殺気が充満する。産毛が逆立ち、全身が騒めく。獲物を前に、カリアスの瞳孔が大きく開いた。

「ほう。受け止められるとは、思わなかった。貴様を侮り過ぎていたようだ」

だがそれも想定内。こちらは本気の半分も出してはいない。力の差は歴然で、暗殺者の男はじりじりと後退っている。しかも覗いた双眸には、紛れもない戸惑いと恐怖が滲んでいた。

己の力量不足を実感したようだが、時既に遅しだ。

愚かな依頼を引き受けた時点で、男の命運は尽きている。

カリアスは眠るティアを起こさない為にも、一刀で敵の首を刎《は》ねた。

「……っ」

今まさにカリアスへ飛び掛かろうとしていた残る二人の男が立ち竦《すく》む。彼らを炙《あぶ》り出す目的で、わざわざ最初の一撃を受け止め、すぐには片づけずにやったのだ。隙を見せれば必ず全員襲い掛かってくると踏んで。

――絶対に逃がしはしない。

歪んだ笑みが口角を引き上げる。踏み込むと同時に剣を払い、もう一人を屠《ほふ》る。最後の一人は無謀にも逃亡を図ったが、片脚を使い物にならなくしてやれば、その場に倒れ伏した。

「煩《うるさ》い、叫ぶな。ティアが起きてしまう」

絶叫を上げかけた男の喉を押さえ、そのまま意識を落した。室内はすっかり血生臭くなってしまったが、暗殺者を制圧するまでにかかった時間は短い。

ティアには何が起きたのか知らないままでいてほしい。一度眠ればなかなか起きない彼女なら、入念に掃除をすれば大丈夫だろう。

聡明《そうめい》なティアは己の身に迫る危険についても理解している。軽はずみな行動はとらないよう己を律し、カリアスの言いつけに背いたことはなかった。けれどだとしても、本当に殺されかけるのは彼女の笑顔を曇らせかねない。それ以上に――

「せっかく入浴したのに、また湯を浴びねばならないな」

血に塗れた自分の姿は見られたくなかった。

カリアスは返り血で汚れた服を、うんざりした気分で見下ろす。こんな面倒をかけた犯人には相応の礼をしなくてはならないと、改めて胸に刻む。けれど次の瞬間、これまで見落としていた『もう一つの気配』に気づいた。

どうやら殺気がなく、気配を隠す術すら持たない故に見逃していたらしい。

あまりにもお粗末な『もう一人の侵入者』は、生まれたての仔馬《こうま》の如く震えながらソファーの後ろから這《は》い出《で》てきた。

「……おや、黒幕を吐かせるまでもなかったか」

それなら気絶している暗殺者を生かしてやる必要もなかったなと、妙な笑いが込み上げた。久方ぶりに命のやり取りに身を投じ、どうやら気が昂っている。何故か、思い切り腹を抱えて笑いたい。

みっともなく震え腰が抜けた男は、この国の元宰相であり、侯爵だった。

――自らの目でティアの最期を見届けたかったのか？　趣味の悪いこの男らしい。

本来なら、王以外の男が後宮へ入ることは許されない。露見すれば、その場で処刑されてもおかしくない大罪だ。しかしだからこそ、好奇心を抑えきれない愚か者が後を絶たないのも事実だった。

美女が集められ秘密のベールに包まれた女の園というものは、馬鹿な男の興味を惹きつけるものらしい。

――この機に乗じて見学でもするつもりだったのか。下種だな。

呆れてものも言えない。心底軽蔑の念が湧き、カリアスは元宰相を見下ろした。

「……大人しく隠居していれば、これまでの悪事は見逃してやったものを」

「わ、若造が偉そうに……！　アレイサン国を動かしているのは、我々貴族派だ。偶然王家に生まれただけの貴様に指図されるいわれはないっ」

立ち上がることすらできないくせに、威勢のいいことだと失笑が漏れた。とことんカリアスを舐めている。

今回の件に関して、暗殺者を送り込むだけでなく自ら結果を確認しに乗り込んでくる辺り、相当焦っているのかもしれなかった。

――大勢いた取り巻きも、潮が引くように侯爵から離れていった。これまで得ていた特権を失えば浪費家と名高い奥方や娘婿、それに孫娘らの散財によって、家督はあっという間に傾くに違いない。

権勢を失い、没落するのは目に見ていた。それを誰よりも肌で感じているのは、侯爵本人に他ならない。

この苦境を一発逆転するには、孫娘をカリアスの正妃に据えるのが近道。その一番の障害となるティアを消すしかないとでも考えたのではないだろうか。勿論、冷静な判断力があれば上手くいくわけがないと理解できる。

しかし追い詰められ手足をもがれた状態の侯爵に常識は通じそうもなかった。

「ならば裁判の場で、己の正義を主張すればいい。私は一方的に罪を捏造《ねつぞう》し裁くつもりはない。罪人にもきちんと弁明の場は設けるつもりだ」

ただし『貴族裁判にかけられた』事実自体が、大変な醜聞である。宰相まで務めた名門の侯爵家にしてみれば、おかしくなりそうなほどの屈辱に決まっていた。今後、社交界で笑い者になるのは必至だ。しかも国の要職には、今後侯爵家の一員が就くことはなくなる。

――地位と財産を奪うこと。それこそがこの男への最大の罰のつもりだったが、どうやら私は甘すぎたようだ。

「そもそも何故、ティアを狙ったんだ」

「何もかも、あの田舎姫のせいだ！　小娘が余計なことをして、私に恥をかかせたのだから、命をもって償うのが当然であろう！」

「恥？　お前とティアに接点などほとんどあるまい」

「大した知識もないくせにしゃしゃり出て民の支持を得るなど、身の程を弁《わきま》えていない証だ。何が聖女だ。我らに草の汁を飲むことを要求するなんて、下劣な女め……！　モグラのせいで、何故私が無能扱いされねばならない！」

支離滅裂な言い分に困惑しなかったと言えば、嘘になる。しかし骨の髄まで特権意識に凝り固まった侯爵にしてみれば、己の不遇は全てティアに責任があることになるらしい。

まったく意味不明で、滑稽だった。

ティアの行為をどうすれば悪意あるものに貶《おとし》められるのか、甚だ謎だ。国を挙げて感謝を示すならまだしも逆恨みするとは思考回路が理解できない。

だいたいこの男も、薬草茶を求めてティアに詰め寄っていた。自分たちへ最優先で回せと怒鳴り込んできたことを知らないとでも思っているのか。

その際ピシャリと彼女に断られたことも、おそらく恨みに思っているのが想像できた。

「馬鹿馬鹿しい。全部貴様がしたことの反動ではないか。罪を重ねたのはそなた自身だ。その上、いくらでもやり直す機会はあった。今回の件に関しても、素直に隠棲していれば家門を残すことはできただろうに」

後宮に侵入し、寵妃に手出ししたとなれば、極刑は免れまい。それだけに止まらずカリアスに楯突《たてつ》いた今、家門の取り潰しも不可避だった。

侯爵もやっとそのことに気づいたのか、今更ながら蒼白になっている。

全身の贅肉《ぜいにく》をブルブルと震わせ懸命に言い訳を探し、目を泳がせていた。

「わ、私はそんなつもりは……」

「ではどんなつもりだったのだ？　この状況で言い逃れは厳しいぞ。ティアが無惨に殺されるのを見学したくて我慢ができなかったのではないか？　せめて屋敷で大人しく報告を待っていれば、逃げ道もあったかもしれないのに」

もし実行犯が口を割らなければ、明確な『暗殺依頼』の証拠はなかった。そうなればカリアスとて、簡単には侯爵を処罰できない。つまり元宰相は、浅はかな行動により、自らの首を絞めたのも同然だった。

——私としては、手間を省いてくれてありがとうと礼を言いたいくらいだ。

厄介な敵の息の根を、今後どう完全に止めようか思案していたのに、まさかここまで上手くいくとは。

罠に落ちた獲物は滑稽以外何物でもない。意気揚々と乗り込んできた愚かな男は、ようやく己の浅はかさを悟ったらしい。

ティアのおかげで改革は想定より順調に進みそうだ。まさに彼女はアレイサン国の、そしてカリアスにとっての聖女に違いなかった。

——ああ……本当に手放せないな。

つい先刻までティアを腕に抱いていたのに、もう恋しい。一刻も早く彼女の元へ戻りたい。

そう考えると、手を煩わせる男の存在がより一層腹立たしく感じられた。

「選ばせてやろう。生き恥を晒して裁判の場に立つか、それとも今ここで命を絶つか」

勿論、結果はどちらも同じだ。カリアスに侯爵の罪を放免するつもりはない。ティアに刃を向けた時点で、生かす選択は消えていた。

顔色をなくした侯爵が絶望の表情を浮かべる。その顔は、先王の暴政に晒されていた重鎮らと全く同じだ。

ようやく、物腰は柔らかくとも息子の苛烈さが父王を上回ることに気づいたのかもしれない。

ただし全ては後の祭りだった。

◇◇◇◇◇

子どもたちの声が、青空の下に響き渡る。

広々とした敷地には、かつては五つの後宮が建っていた。しかし今ではその名残はない。

水晶宮と翠玉宮、紅玉宮は取り壊され、金剛宮は学び舎《まなや》に変わり、蒼玉宮は治療院としてそのまま使われることになったからだ。

よって、更地になった場所は薬草園が拡大し、子どもらには丁度いい遊び場にもなっていた。

元金剛宮では、貧しくても志の高い者、才能溢れる者などが王家の支援を受け学んでいる。国内外から最高の教師を招き、主に薬草の研究者となるために。

そして治療院では、卒業生らが中心となって働いている。

それらは全て、かつてティアが夢見た光景でもあった。

――医療技術はチェッタ国よりアレイサン国の方が圧倒的に高いけれど、それだけでは見落とされてしまう病もある。民間療法と言われて一段下に見られてきたものでも、馬鹿にはできない。どちらか一つではなく、双方が刺激を受け合って互いに高められたらいいな。

一年前、正式に王妃となったティアは屋外のベンチに腰掛け、楽しげに歓声を上げる子どもらを見守った。

希望する侍女がいれば子連れでの出仕を認めたところ、ミラ以外にも手を挙げた者が何人もいたのだ。結果、いつの間にやら王宮の一角は託児所同然である。

ちなみに王妃となったティアの居室は王城内にある。時間が許せば、わちゃわちゃと遊ぶ幼子を見るのが楽しみになっていた。

「……いつも元気ねぇ」

「さようでございますね。ティア様、少し横になられますか？　昨晩もあまり眠れていらっしゃらないでしょう」

横で扇を仰いでくれていたミラがすかさず声をかけてくる。

彼女の子どもは、今は少し先でしゃがみ込み雑草を毟ることに夢中だった。目を離すと虫を口に入れそうになるので危ないのだが、そこは年嵩の子どもが面倒を見てくれている。

幼い子の世話をするのが好きな子や、大勢でワイワイ騒ぐよりも一人で静かに過ごしたい子もいる。

危険がない限り皆それぞれが好きなことをしていい。それがこの場の決まりである。

「いいえ、大丈夫よ。最近はミルクをあげながら自分も眠れるようになってきたの。ばあやが一所懸命助けてくれるし」

今から一年前、ティアとカリアスは結婚式を挙げるはずだった。建国祭に合わせ、控えめでも国内外に婚姻を知らしめるつもりだったのだが――

結論から言えば、その目論見は失敗した。何故なら直前になってティアの妊娠が発覚したからである。

絶対安静を夫から言い渡され、ティアは過保護なくらい大事にされた。そして無事生まれたのが、腕に抱いているユーリスである。

「ほほほ、可愛いですねぇ。あらあらおねむですか？　どれ、ばあやが抱っこしてさしあげます。さ、ティア様はお休みくださいませ」

頬を緩めたばあやが満面の笑みでティアの腕から赤子を抱き上げた。彼女は今やすっかりティアの産んだ子に夢中である。それこそ目に入れても痛くないほどデレデレだった。

——ばあやってば、最近は私の世話よりユーリスの世話に忙しそう。ちゃんと専任の侍女はいるのに。まぁ、我が子が皆に愛されているのを見るのは、とても嬉しいけど。

ティアは愛しい我が子——ユーリスも見つめ、頬を緩めた。

待望の赤子は、どこからどう見てもカリアス似である。正直、生まれた瞬間に『勝った』と思った。

健康であれば性別も容姿も問題ではないと考えていたけれど、それはそれ、これはこれである。やはり地味な自分の特徴よりも、神に選ばれし容姿を誇る夫に似てほしい。

いざ五体満足で出産を終えれば、欲深くも別の望みが生まれていた。人間とは、そういうものだ。

——眩しいわ……まだ赤ちゃんなのにこんなに綺麗な顔をしていて大丈夫かしら？　将来女性を泣かせる男にならないようにちゃんと育てなくちゃ。

早くも息子が成人した後のことを心配してしまい、ティアは自分の気の早さに苦笑した。

幸せな未来の妄想は尽きない。少しでも早く『五年』が過ぎてくれることを祈っていた頃からは、想像もできなかった。

あの当時は自身の将来に思いを馳《は》せても、こんな風にドキドキワクワクすることなど皆無だったのに。

アレイサン国へ連れてこられ、ずっとばあやと二人きりだった。それが今ではカリアスやミラを始めとした大勢の人に囲まれている。それも皆が優しく接してくれるのだ。

最近では、ばあやの末娘家族もこちらへ移住してきた。本格的に薬草について学ぶためである。将来的にはチェッタ国で治療院を開くのが夢だとか。

「ユーリスも早く他の子どもらと遊べるようになるといいわね」

「子供の成長はあっという間ですよ。真っただ中にいると大変さが永遠に続くような気もして絶望しますが……過ぎ去ってしまえば、一瞬です。懐かしむ余裕をもって、『全部いい思い出』だと言えるようになりますよ」

「ふふ、ばあやが言うと、説得力があるわ」

「本当に……私はまだ『あと何年かかるの』と泣きたくなることもあります。夫は当てになりませんし……」

ミラが深々と嘆息する。彼女の芝居がかった嘆きに、ティアとばあやが思わず笑った。

「そういう場合は、夫の世話を放棄してやればよいのです。大人なのですから、自分のことは自分でしてもらわないと！　こちらは目を離すと全力で死にに行く生き物を育てているのですから！」

「ですよね、ばあやさん！」

二人が意気投合して頷き合うものだから、ティアは笑いが止まらなくなる。

母親が楽しげだとユーリスも嬉しいのか、半分眠りながらも愛らしい笑顔を見せてくれた。

「もう本当、毎日が戦いなのにこの子がいると、癒されるのよね……」

大変さの原因はほぼ全部我が子であっても、やはり愛しい。『全て投げ出したい！』とまるで考えないとは絶対言えないが、だとしても幸せだった。

ミラも同意見らしく、優しい笑顔で相変わらず草を毟っている自身の子を見つめている。

優しい時間がゆったりと流れた。

「――楽しそうだな。私も交ぜてくれないか？」

「カリアス様！」

暖かな日差しと爽やかな風に気持ちよくなって、ついウトウトし始めていたティアは、愛しい人の声に振り返った。

一児の父親となった彼は、ますます美しさに磨きがかかっている。以前よりもっと落ち着いた風格を備え、老若男女問わず惹きつけてやまない。

ここにいる侍女たちはほぼ全員既婚であるにも拘らず、大半が頬を染めて目を奪われていた。

それどころか、護衛から果ては子どもらまでが見惚れているのだから空恐ろしい。

――何だか、出会った頃よりも素敵になったような……このままどんどん格好良くなってしまったらどうしよう。ちょっと怖いわ……ま、まさかユーリスも同じように似ていくの……っ？

日々成長してゆく息子と年々魅力を増してゆく夫。こんな二人に挟まれていては、心臓が持たないと思った。

——美形は苦手なのに……しかも噂では三日もしたら美形は見飽きると聞いたことがあるけれど、一向に飽きないのは何故なの……

夫婦となって一年経っても、未だにドキドキが治まらない。このまま一生続いたら、早死にするのではないかと最近ティアは不安に思い始めていた。

——それでも離れたいとは微塵も考えられないのが、厄介よね。

侍女が素早くカリアスの席を用意してくれ、ティアの隣に彼が腰を下ろした。

「陛下、こちらの椅子へどうぞおかけください」

ミラとばあやたちは気を利かせ、速やかに後ろへ下がる。その上、さりげなく子どもらを集合させ始めた。

「皆、次はもっと面白い場所へ遊びに行きますよ！」

世話係の声に、子どもたちが歓声を上げる。数人は抱き上げられ、ティアの前から連れられて行った。勿論、ユーリスも。

すると残されたのは自分とカリアスのみ。護衛は少し離れた場所に立っている。

つまり開けた視界に他に映る人物はなく、ティアは久しぶりに愛する夫と二人きりの昼下がりを味わった。

最近、双方とも忙しくなかなかゆっくりとした時間を作れなかったのだ。ユーリスの面倒を見てくれる侍女はばあや以外にもいるけれど、ティアは極力自分で育てたいと希望していた。

おかげで連日連夜、寝不足である。

カリアスは一緒に世話をすると申し出てくれているが、彼まで寝不足にするわけにはいかない。国王が議会中に居眠りは、許されないのである。

いくらカリアスの障壁になっていた『貴族派』が力を失ったとはいえ、油断は禁物。どこで足を掬われるか分からない。付け入られる隙は作らないのが正解だった。

そこで現在は、期間限定で国王夫妻の寝所は完全に別となっている。

――せっかく一緒に暮らせるようになったのに。残念だけど仕方ないな。ばあやの言う通り、これもいつかは『いい思い出』になると思うし。

「ティア、疲れているなら少し休むといい」

「ばあやとミラにも同じことを言われましたよ。でも、大丈夫です」

元気であると示すため、ティアは両の手で握り拳を作った。

実際、自分は新米の母親としては、かなり恵まれていると思う。

家事をする必要がなく、衣食住は最高のもの、手伝ってくれる人は沢山いる。そんな状況で弱音を吐いてはいられないではないか。

「……合間にアレイサン国の歴史や文化、他国の言語に社交術など、色々勉強しているだろう？　勿論薬草についても。君が頑張ってくれているのは知っている。婚姻前から今までずっと」

「カリアス様……」

正妃になるにあたり、身につけなくてはならない知識と教養は山ほどあった。

結婚式までにそれらを必死になってティアは学んだのだ。そして無事、結婚し、ユーリスを出産してからも、秘かに勉強を続けていた。

最低限ではなく、カリアスに相応しい賢妃であるために。

「ご、ご存知だったのですか？　ばあやが話してしまったのね……秘密だと言っておいたのに」

「ティアを見ていれば分かる。私はいつだって、君ばかり見ているせいで、変化には敏感なんだ」

恥ずかしげもなく甘い言葉を囁いて彼がティアの頬に口づけてきた。

「ありがとう。この国を愛してくれて」

「カリアス様の国ですから、愛さずにはいられません。ユーリスにより良い世界を見せてあげたいと思えば、尚更です」

カリアスの手がこちらの側頭部に添えられ、そっと引き寄せられた。そのまま彼の肩にティアは自らの頭を預ける。

久しぶりの穏やかな時に、心が解れるのを感じた。

「……こうしていると眠くなってしまいそうです」

「私もだ。ティアとしばらく一緒に眠っていないから、寂しく感じている。そろそろ寝所を戻さないか？」

「駄目ですよ。ユーリスにしょっちゅう起こされてしまいますから」

「私だって父親なのだから、ティアと子を育てる苦労を分かち合うべきだと思う」

そう言ってくれるだけで、心は随分楽になる。ティアは嬉しくなり、目を閉じたまま笑い声を漏らした。

——王家の慣例に従って、子どもは乳母に預けろとは決しておっしゃらない。私の意思を尊重してくださる。そういうところがますます私を虜《とりこ》にするとは、カリアス様は思わないのかしら？

「……では、こういう案はいかがでしょう？　週に一回は家族三人で眠り、また別の一日は夫婦で眠る……というのは」

「それは妙案だ！　私は週六で家族三人、残る一日が夫婦の日でも構わないがな」

「これまでの話し合いの意味がないではありませんか」

「私だって国王である前に一人の夫であり父親だ。家族とできるだけ一緒に過ごしたいに決まっている」

その言葉に嘘がないのを、ティアが一番よく分かっている。同時に、民を大事に思う彼が、国政を蔑ろにできないことも。

だからこそ上手く調整を図るのが、自分の役割だとティアは思った。

「まずは一日ずつです。そこから段々増やしていきましょう。大丈夫です。この先もずっと私たちは共に生きていくのですから、時間はたっぷりありますよ」

手を繋ぎ、微笑み合う。

再びカリアスの肩に頭を預け、ティアは目を閉じた。

幸福な眠気が心地よく全身へ巡る。彼が頭を撫でてくれ、一層睡魔に抗えない。

全幅の信頼を寄せる相手に寄り掛かり労わられる楽園の中、ティアは至福の転寝を甘受した。

あとがき

初めまして、もしくはお久しぶりです。山野辺りりです。

何だかもう一年中気温がイカレていて、毎日生きるのに精一杯なんですが、どうにか頑張っています。皆様はどうお過ごしでしょうか。

さて、今回は『華やかな生活も熱烈な恋も全く望んでいないし、地味に静かに生きたいのに、表舞台に引っ張り出される不憫属性ヒロイン』です。

可愛いモグラを目指しました（違う）。リアルでは目撃したことがない生き物に、憧れがあるのかもしれません。動物、全般的に好きなので。

でも動物園でも出会えませんもんね、モグラ。いるところもあるのかもしれませんが、少なくとも私が足を運んだ場所には、悉くいなかった。資料画像でしか会えないモグラ……

いや、それはともかく。

とにかく世の中にはドラマティックな人生を望まない人もいるんだよ、と。

平穏と平凡をこよなく愛するヒロインが、いきなり美貌の権力者に熱烈に求められ、激動の人生を歩むことになったら、どうなってしまうのか。

という発想から生まれたのが今作です。

そう考えると、主人公は結構可哀相。溺愛も結局、双方想い合っていないと迷惑でしかありませんしね。一歩間違えれば犯罪になりかねん。恋愛って難しいなぁ（しみじみ）。

シリアスになり過ぎないよう、明るく楽しくを心掛けました。地味っ子ヒロインが頑張る姿を見守っていただけたら幸いです。

イラストは旭炬先生です。いつも可愛くセクシーなイラストを描いてくださるので、楽しみでなりません。先生が描かれる瞳が特に好きなんです。

校正やデザイン、配送や書店の皆様、この本の完成までに関わってくださった全ての方々に感謝いたします。担当様もありがとうございました。

全ての方々に支えられ、どうにか完成させることができました。全方位に足を向けて眠れない。いや本当、私には計り知れないスキルをお持ちです。尊敬しています。

最後に、この本を手に取ってくださった優しい皆様にも最大限の感謝を捧げます。ありがとうございます。冗談ではなく、ありがたくて堪りません。届け、この熱い気持ち。

これからもまたどこかでお会いできることを願ってやみません。

……と、ここまで書いてもあとがきが埋まらない。何故なら今回は4ページ。先が長い。

ということで、ちょっとSSでも書こうと思います。あとがきまで読んでくださった方へのサービスとして。

☆☆☆

王妃としての仕事に疲れ果てたティアは、ぐったりと執務机に突っ伏した。

行儀が悪いが、仕方ない。もう疲労困憊で限界なのである。

――ラネが少し手を離れたと思ったのに、激務過ぎるわ。でもカリアス様はこんな業務を長年一人でこなしてきたのよね。

息子ユーリスの次に生まれた娘、ララネも三歳になり、最近母親べったりではなく、好奇心旺盛で色々なことに興味を示している。将来のため、少しずつティアと別行動する時間を増やしていた。

――我が子の成長は嬉しいし、四六時中一緒にいるのは大変なのに、離れていると寂しいわ。

それに王妃としての責務は、育児とは違う辛さがある。

結局のところ、隣の芝生は青く見えるということなのか。かつて何の責任もなく後宮の片隅に隠れ住んでいた頃を思い出し、当時の気楽さと先々の不安もまざまざとよみがえった。

あの頃、確かにティアは背負うものが少なく、自由だったかもしれない。生国へ帰ることを目標にして煩わしい荷物は何も背負っていなかった。

それでも――戻りたいとは思えないのだ。

もしあのまま何事もなく五年が過ぎ、チェッタ国へ帰れていたとしら、それはそれで幸せだった気もする。それなりに満足し、小さく静かに余生を送ったことだろう。

けれどそうなるとティアの傍にはカリアスもユーリスもラテネも存在しなかった。それでは、自分が本当に幸せかどうかは断言できない。

今手にしている幸福が、あまりにも貴く奇跡的で、手放し難い。この宝物のためなら、他の全てを諦めてもいいと思えるほどに。

──私、変わったなぁ。だけどこういう変化は嫌じゃない。成長したのと同じだもの。

昔の夢に固執せず、新たな場所で根付きまるで違う夢を追いかける。そんな自分を、ティアは案外気に入っていた。こんな変化は全部、この国で掛け替えのない人々に出会えたからだ。

「──ティア、一緒にお茶を楽しまないか？」

国王である夫が、いつも通りの時間にティアの執務室へやってきた。彼は多忙な中、時間を作ってこうして妻を誘いに来てくれる。

その心遣いが嬉しく幸せで、ティアは満面の笑みで出迎えた。

山野辺りり

Mitsuneko Label

蜜猫文庫をお買い上げいただきありがとうございます。
この作品を読んでのご意見・ご感想をお聞かせください。
あて先は下記の通りです。

〒102-0075 東京都千代田区三番町 8 番地 1 三番町東急ビル 6F
(株)竹書房　蜜猫文庫編集部
山野辺りり先生 / 旭炬先生

地味で目立つのが嫌いな薬草姫は超絶美形の国王陛下に愛でられまくって後宮脱出できません

2023 年 12 月 29 日　初版第 1 刷発行

著　者　山野辺りり　©YAMANOBE Riri 2023

発行者　後藤明信

発行所　株式会社竹書房
〒102-0075 東京都千代田区三番町 8 番地 1 三番町東急ビル 6F
email : info@takeshobo.co.jp

デザイン　antenna

印刷所　中央精版印刷株式会社

不遇の王女は初恋の隣国王太子に愛されて花開く

山野辺りり
Illustration 旭炬

僕ほど一途で執念深い男はなかなかいないよ。

不義の罪で母王妃を処刑され、血統を疑われて塔に幽閉されていたリィン。修道院へ入れると騙され、暗殺されそうになったところを隣国の王太子ロレントに救われる。彼はリィンの初恋の人だった。「僕の印を付けたんだよ。誰にも取られないように」彼女を救い出すために力を付け、優しく深く溺愛してくるロレントにリィンは改めて恋を自覚する。だが今の自分のままでは彼の隣に立てないと母の冤罪を晴らすことを決意して—!?

蜜猫文庫

離婚前提のお飾り王妃のはずが スパダリ英雄王と溺愛新婚生活始まりました!?

華藤りえ
Illustration 天路ゆうつづ

一生お前を手放すつもりはない。たとえこの身が朽ちてもだ

ブリトン国の姫・エレインは私生児であるため正妃から厭われていた。いつか王籍を捨て薬師として自立したいと願う彼女だが、いきなり父に婚約者を異母妹へ譲り、隣国ロアンヌの王アデラールに嫁ぐように命じられる。人質同然の扱いだろうと諦めまじりのエレインだがアデラールは最初からエレインを優しく溺愛してくる。「こんなことでも感じるのか…」蕩かすように情熱的に抱かれ日々アデラールに惹かれていくエレインは!?

蜜猫文庫